Andanzas de don Quijote y Sancho

4ª Edición

Concha López Narváez

Basado en la obra original de Miguel de Cervantes

Prólogo: Ana María Matute

Ilustrador: Juan Ramón Alonso

A mi hijo Rafa,
sin cuyos ánimos y ayuda
no me hubiera atrevido
a hacer este libro.

Primera edición: noviembre 2004
Segunda edición: enero 2005
Tercera edición: febrero 2005
Cuarta edición: marzo 2005

Maestro Alonso, 21
28028 Madrid

Dirección editorial: Trini Marull
Edición: Begoña Lozano
Diseño: Inventa Comunicación
Ilustración: Juan Ramón Alonso
Actividades: Natalia Bernabeu

AQJ8000010
ISBN: 84-216-9386-7
Depósito legal: M 7.629-2005
Impresión: Huertas, Industrias Gráficas, S. A.
Printed in Spain

Prólogo

Cuando yo era niña y oía hablar del *Quijote,* era como si oyera hablar de una montaña inaccesible, algo así como el Everest de la literatura, cuya cima solo podía alcanzarse siendo adulto y además, docto profesor. La verdad es que las primeras veces que se nos dio a conocer, no pudieron ser más desafortunadas: en fragmentos «escogidos», y no precisamente por alguien que conociese, ni siquiera someramente, una mente infantil. Recuerdo con congoja aquellas obligadas redacciones –yo debía de tener ocho o nueve años– inspiradas en su lectura. Ni que decir tiene que no entendimos una palabra, y que mis notas en esas tareas fueron lamentables. Y no era la única: todas mis compañeras, sin excepción, eran víctimas del mismo mal. Desde entonces, la sombra del *Quijote* planeaba sobre nuestras vidas de escolares incipientes como una amenaza. Para decirlo claramente: nos lo hicieron odiar.

Tuvieron que pasar muchos años para que la errónea idea que tenía de esta novela extraordinaria, se tornase en otra completamente distinta. Siendo ya mujer –unos dieciocho años– me dije a mí misma que, sintiéndome como me sentía escritora, resultaba imperdonable no haberla leído. Los fragmentos a los que antes me referí habían pesado sobre mí como una cortina de agua, sin comprender absolutamente nada de ellos. Y entonces ocurrió el milagro: quedé fascinada. El *Quijote* no tenía nada que ver con aquella sombra amenazante, con aquella losa opresora de escolares que me habían hecho creer. Gocé de su lectura como ninguna otra, me sumergí en sus páginas con auténtica pasión, y lamenté que una obra de tal magnitud nos hubiera sido escamoteada, hasta incluso hacérnosla insufrible, por culpa de la insensibilidad y el desconocimiento de lo que es ser un niño.

Muchos años han transcurrido desde entonces, y mi pasión por las andanzas y desgarradora humanidad de don *Quijote* crecen y crecen cada vez que lo releo. Y sé que los niños, precisamente, pueden entender su drama y su gloria, pues en muchos aspectos están más cerca de él que los adultos. Pero se precisa hacérselo accesible. Y también por este motivo acojo con inmensa alegría esta edición adaptada a ellos.

Espero que todos los niños lean este *Quijote,* magníficamente puesto a su alcance, y se adentren en sus páginas como lo hubiera hecho yo a su edad; y no lo olvidarán nunca, como no lo he olvidado yo.

ANA MARÍA MATUTE
de la Real Academia Española

Introducción

Hace ya cuatrocientos años que el señor don Miguel de Cervantes Saavedra escribió la primera parte de su gran obra: ¡el *Quijote!*

El *Quijote* es un libro magnífico; pero también difícil, que solo entienden los mayores, y no todos, no vayáis a creer.

Pero veréis, a mí, que escribo para niños, se me ha ocurrido algo que espero que os guste: para celebrar esos cuatrocientos años y recordar al señor don Miguel de Cervantes, voy a contaros cosas, cosas de don Quijote y Sancho. Lo mismo que vuestros padres o vuestros abuelos os cuentan cosas de cuando ellos eran pequeños o de otras personas que no habéis conocido.

Contaros cosas de don Quijote y Sancho, sí, eso es lo que yo pienso hacer. Os contaré algunas de sus aventuras, las más sencillas y las más divertidas, aunque también puede que os cuente o diga algo que sea un poquito más triste, porque, como en las vidas de todo el mundo, en las suyas hubo momentos buenos y momentos malos.

Esas cosas que os cuente serán las mismas que contó don Miguel de Cervantes. Unas veces lo haré con sus propias palabras; sin embargo, otras veces tendré que cambiarlas, porque, si no lo hago, no podréis comprenderlas. Hasta puede ocurrir que yo me invente algo. No, no es eso exactamente, no voy a inventar nada; pero sí lo voy a imaginar. Es como cuando un niño pregunta a sus padres: «¿Qué te parece a ti que dirían el abuelo o la abuela si estuvieran aquí?».

En fin, eso es lo que haré, contaros cosas de don Quijote y Sancho, cosas que sucedieron y cosas que imagino o que pienso. Sí, es solamente eso.

Tenéis que saber que no voy a escribir un resumen del *Quijote,* ni tampoco un *Quijote* para niños; por lo tanto, no creáis que vais a leer *El ingenioso hidalgo don Quijote de la Mancha,* que ese es el nombre completo del libro de don Miguel de Cervantes. Eso no puede ser, aún no tenéis edad. Pero os pido un favor, y es que, cuando pasen los años y ya vosotros seáis mujeres y hombres, lo leáis, despacito y con mucha atención, y después penséis en las cosas que hicieron y dijeron el caballero andante don Quijote de la Mancha y Sancho, su escudero.

Primera parte

Capítulo I

Don Alonso Quijano

Hace muchos, muchos años, hubo un hombre que pasaba todo su tiempo leyendo.

Leía por la mañana, por la tarde y por la noche.

Se llamaba don Alonso Quijano, y no hacía otra cosa que leer. Tanto, tanto, que casi no comía ni bebía.

Don Alonso vivía con una joven sobrina que era su única familia, y con una señora que se encargaba de cuidar de la casa; era su ama de llaves.

La sobrina y el ama de llaves estaban muy preocupadas, y hacían lo posible para que don Alonso se alimentara.

—Oídme, señor tío, leer es necesario y bueno; pero también lo es comer. Por lo tanto, dejad ese libro un rato y venid conmigo, que la comida se enfría —decía la sobrina.

Don Alonso la oía como quien oye llover.

—¡Ay, por Dios, cómo os estáis quedando…! —insistía la sobrina—. Vuestros brazos y piernas parecen cuatro palos, y tenéis la piel tan amarilla y arrugada como la de un limón.

Don Alonso seguía sin escucharla, y entonces ella perdía la paciencia y gritaba:

—¡Estáis tan flaco que cualquier día comenzaréis a flotar en el aire! ¡Os va a llevar el viento…!

«Flotar en el aire, volar con el viento… Eso me gustaría…», pensaba don Alonso entusiasmado; pero enseguida volvía a su lectura, porque leer era lo mismo que flotar en el aire o volar con el viento… Leer era viajar a países remotos, conocer a personas que vivían a miles de leguas… En fin, leer era como soñar despierto.

La sobrina continuaba hablando, hasta que, aburrida, acababa marchándose.

Luego llegaba el ama de llaves:

—Mirad, señor, mirad qué par de huevos con jamón os traigo. Da gloria verlos; olerlos ya alimenta. Pero miradlos bien, parecen dos soles pequeñitos. Este es de la gallina rubia y este es de la negra. Ya sabéis que ellas ponen pensando expresamente en vos —decía el ama arrimándole el apetitoso plato a las mismas narices.

—Ta, ta, quita, quita… —refunfuñaba don Alonso, y el ama también tenía que irse.

Poco después aparecía un muchacho que cuidaba, él solo, de las huertas, las viñas y los campos de trigo y de cebada, y decía:

—Oídme, don Alonso: las espigas están doradas y se vencen por el peso del grano, y las frutas maduras se nos caen de los árboles; pero yo únicamente tengo dos brazos y dos piernas. Soy un hombre y no un pulpo ni tampoco una araña. Es necesario que contratéis a alguien que me ayude.

Don Alonso ni siquiera lo miraba y, si lo hacía, sus furiosos ojos gritaban: «¡No me molestes!», de modo que el pobre mozo corría a quitarse de su vista.

En fin, en casa de don Alonso Quijano nadie estaba contento, tampoco el galgo y el caballo.

El galgo le lamía las manos y movía el rabo, diciéndole: «Ya me duelen las patas de estar echado. Vámonos al campo, señor amo, a correr detrás de las liebres, a oler a tomillos y romeros, igual que antes...».

En cuanto al caballo, las horas, amarrado al pesebre, le parecían eternas. «Libertad», pedían sus cascos pateando el suelo; y lo peor de todo era que le dolía el alma y se sentía un inútil. «Mi amo ya no me necesita», pensaba; por eso sus relinchos sonaban tan tristes.

El caso era que don Alonso no se daba cuenta de ninguna de estas tristezas; él leía, leía... y, leyendo, vivía en otro mundo.

Leer es conveniente, ensancha el corazón y despierta el entendimiento; pero no a todas horas, como hacía don Alonso Quijano.

Además, siempre leía la misma clase de libros: ¡de aventuras!, y siempre de las mismas aventuras, de esas en las que un caballero —de los que antiguamente llamaban andantes a pesar de ir a caballo— recorría el mundo luchando con dragones, gigantes, magos y otras malas gentes.

Pues sucedió que don Alonso acabó creyendo que lo que leía en los libros, en vez de ser cosas de fantasía, eran verdades de las más verdaderas. Pensando en eso, se puso a hablar consigo mismo, y esto, más o menos, fue lo que se dijo:

«Como en el mundo todavía quedan muchas gentes malvadas que abusan de los más desgraciados y débiles, los caballeros andantes siguen siendo necesarios y, por tanto, yo he de ser uno de ellos».

—¡Seré caballero andante! —gritó emocionado, y, levantándose de un salto del sillón, extendió su brazo derecho y lo agitó en el aire con rápidos movimientos, como si en la mano tuviera una afilada espada.

Luego siguió gritando, cada vez más alto, sin dejar de agitar la espada imaginaria:

—¡Temed, temed, enormes gigantes, fieros dragones, terribles magos, gentes malvadas…! ¡Temblad, porque os tengo que vencer, a todos juntos o a uno por uno, porque con todos se atreve la espada que aquí veis…! ¡Huid, cobardes…! ¡Pero, por muy lejos que lleguéis, por mucho que os escondáis, acabaré encontrándoos! ¡Y vosotras, princesas encantadas, damas cautivas, tristes huérfanos y viudas, esperad, que voy en vuestra ayuda! ¡No lloréis más porque, desde este momento, tenéis quien os defienda! ¡No gimáis, pobres, que salgo a socorreros!

Tanto gritaba don Alonso que los huesos de su alta y flaca figura chocaban los unos con los otros.

—¡Ya vooooy…! —vociferó corriendo hacia la puerta como si, en ese momento, una princesa encantada o una dama cautiva estuvieran pidiendo su socorro.

Y de pronto sus pasos se detuvieron y sus voces cesaron: se estaba preguntando qué era lo que hacían y lo que necesitaban los caballeros andantes cuando salían al mundo para defender a princesas encantadas, a damas cautivas y a huérfanos y viudas.

Capítulo II

Un nombre para un caballero andante

¡Armas! Eso era lo primero que necesitaban los caballeros andantes para salir en busca de aventuras.

—¡Armas! ¡Necesito armas! —exclamó por fin don Alonso, y se echó escaleras abajo con tantas prisas que estuvo a punto de romperse las narices.

—¡Armas! —repetía cruzando el patio.

—¡Armas! —casi gritó cuando pasaba por delante de las cuadras y del gallinero.

Las gallinas, al verlo y al oírlo, cacarearon asombradas, y al caballo se le agitó el corazón y le temblaron los cascos, imaginando que, ¡por fin!, salían de caza. Pero don Alonso no pensaba en conejos y perdices, sino en enormes gigantes, dragones de fuego y perversos magos.

Estaba deseando entrar en batalla. A sus pies los veía ya vencidos suplicando piedad.

Y las armas que él buscaba no eran ni una escopeta ni un arcabuz, sino las viejas armas de sus tatarabuelos: espada, lanza, escudo y armadura. Todo eso era lo que él esperaba encontrar en el cuartucho en el que se amontonaban las cosas olvidadas o inservibles.

En el pequeño trastero olía a polvo y a humedad, olía a tiempo antiguo. Además, aquel era el reino de las telarañas; hasta el suelo llegaban algunas de ellas. Pero don Alonso se precipitó dentro como una tromba, y enseguida comenzaron a volar cosas por el aire: mesas sin patas, sillas sin respaldo, cestos sin fondo, cazuelas sin asas... Mientras las arrojaba a un lado, decía a voz en grito:

—¿Dónde estás, victoriosa espada? ¡Ven a mis manos, larguísima y afilada lanza! ¡Y vosotros no os ocultéis, fortísimos escudo y armadura!

Al oír tales voces, las gallinas y el caballo debieron de figurarse que el fin del mundo estaba cerca y gritaron a su modo, lo más alto que pudieron, con lo que el alboroto tuvo que ser enorme. Menos mal que el ama y la sobrina no debían de estar en casa, porque si hubieran estado, nadie puede imaginar lo que habría sucedido.

Por fin don Alonso encontró lo que buscaba:

—¡Mis armas...! —exclamó con tanto gozo como si hubiera hallado el mayor de los tesoros—. ¡Mis armas...! —repitió emocionado, besando la espada, la lanza, el escudo y la armadura a pesar de que estaban sucios y enmohecidos.

Y enseguida se dijo a sí mismo: «¡Tengo que ocultarlas!».

Pensaba en el ama y en su sobrina, y le parecía que aquel asunto de hacerse caballero andante era mejor que lo llevara adelante en el mayor de los secretos.

«¿Y dónde las escondo?», se preguntó con aire preocupado.

«¡En la cuadra!», se respondió al momento, y sus ojos brillaron satisfechos, porque, sin duda, aquel era el mejor de los lugares, ya que ni el ama ni su sobrina aparecían por allí. «Pero el mozo sí va», pensó con algo de inquietud. «Pues al mozo le diré que, a partir de hoy, yo cuidaré del caballo. No me hará preguntas, y seguro que no va a protestar, pues es un muchacho algo flojo que constantemente se queja del trabajo», pensó luego, y sus ojos volvieron a brillar, y ya no perdió un minuto. Con una sonrisa que le llegaba de una oreja a otra, corrió a la cuadra con las armas y las ocultó debajo de un rubio y enorme montón de paja.

Los días que siguieron los empleó en limpiar sus amadas armas, siempre con el mayor de los secretos. Cuando le pareció que estaban relucientes, se sintió inundado de gozo, salió al patio con ellas en las manos y, alzándolas al sol, exclamó, a punto de estallar de satisfacción y orgullo:

—¡Brillan como la misma plata!

¿Brillar...? Pues no brillaban mucho, quizá sería más exacto decir que estaban menos sucias; pero don Alonso las veía relucir, y eso era lo importante.

Poco después entró de nuevo en la cuadra y volvió a ocultar las armas debajo de la paja.

Hecho esto, don Alonso se puso a pensar qué otra cosa necesitaban los caballeros andantes cuando se disponían a recorrer el mundo.

Sin duda, en segundo lugar un caballero necesitaba ¡un caballo!; pero, por suerte, él ya lo tenía.

De repente lo invadió una oleada de cariño hacia el pobre y paciente animal que pasaba las horas y los días, sin protestar, atado a su pesebre. De modo que corrió hacia la cuadra y le acarició la frente y el lomo mientras, con palabras orgullosas y tiernas, decía:

—¡Es mi caballo!

Y al viejo caballo se le ensanchó el corazón y, en un momento, recuperó la felicidad perdida.

Pero de pronto, el caballero se vio asaltado por una nueva preocupación: «Lo malo es que los famosos caballos de los famosos caballeros andantes tenían nombre, y el mío no lo tiene», se dijo a sí mismo mientras fruncía el ceño.

Y realmente estaba en lo cierto, porque el suyo siempre se había llamado «caballo» a secas.

«Tener un caballo sin nombre, si se es caballero andante, es como no tener caballo», se dijo apesadumbrado, y luego continuó hablando consigo mismo: «Bucéfalo se llamó el de Alejandro Magno; Babieca, el del Cid Campeador... Y yo, ¿qué nombre le pondré a mi caballo...?».

Necesitaba un nombre, eso estaba muy claro; pero... ¿cuál? Pensó, pensó y pensó, y no encontró ninguno que fuera de su gusto. Y de pronto tuvo la gran idea:

—¡Rocinante! —exclamó entusiasmado.

Rocinante no parecía mal nombre, pues hace mucho tiempo daba lo mismo decir caballo que decir rocín, como lo mismo se decía perro que can.

Y de rocín, ¡Rocinante!

Don Alonso se sentía feliz: tenía armas que brillaban al sol y un caballo con nombre. ¿Qué más necesitaba para salir al mundo? ¿Qué le faltaba aún?

Pues le faltaba buscar su propio nombre, su nombre de batalla.

Los caballeros andantes siempre tenían dos nombres: el suyo, el de bautismo, el de todos los días, y otro nuevo y glorioso que ellos elegían.

Después de mucho pensar, tuvo otra buena idea: ¡don Quijote! Se llamaría don Quijote.

Era muy sonoro. ¡Sí!, parecía un nombre apropiado, pues el «quijote» era una de las piezas de la armadura y, además, tenía relación con su apellido: Quijano.

Quijano, Quijote; Quijote, Quijano... Decididamente, tenían relación.

—Me llamaré ¡don Quijote de la Mancha! —se dijo don Alonso, hablando una vez más para sus propios oídos—. ¡Don Quijote de la Mancha...! De la Mancha, sí, porque es en esta gran región en la que he nacido y me he criado, y justo es que, cuando yo sea famoso en el mundo entero, también lo sean estos cielos y estas tierras en las que mi vida se ha desarrollado... ¡Don Quijote de la Mancha...! —suspiró el caballero del todo satisfecho.

En fin, ya parecía tener cuanto necesitaba un caballero andante para salir al mundo.

¿Todo? ¿De verdad ya lo tenía todo...?

Pues todavía no, porque don Alonso, o mejor dicho, don Quijote, acababa de caer en la cuenta de que aún le faltaba algo, ¡y de la mayor importancia!

Capítulo III

¡Dulcinea ha de ser mi dama!

Don Quijote daba grandes zancadas, patio arriba, patio abajo, mientras, una vez más, hablaba consigo mismo.

«En los muchos libros que he leído, los caballeros andantes siempre estaban enamorados. Todos tenían una hermosa y joven dama en la que pensar, y a ella le dedicaban sus hazañas y triunfos. Por lo tanto, también yo tengo que enamorarme, porque un caballero andante sin dama es lo mismo que un árbol sin hojas o un cuerpo sin alma».

Pero ¿de quién podía enamorarse, así tan de repente? Por desgracia, no conocía a muchas damas, y menos aún que fueran hermosas y jóvenes. Según decían, después de cierto desengaño que sufrió en su juventud, no le quedaron ni ánimos ni ganas para pensar en nuevos amores, de modo que, poco a poco, se fue apartando de las mujeres.

Sin embargo, ahora necesitaba pensar en ellas.

Y ¿en quién pensaría don Quijote mientras recorría el patio a grandes zancadas? Quizá pensara en alguna de sus vecinas. Por ejemplo, ¿en aquella que tenía más de setenta años, ningún diente en la boca y las canas siempre tiesas y desgreñadas? ¿O en esa otra, más joven pero no mejor peinada, que gritaba cuando veía un ratoncillo o una lagartija con la misma desesperación que un cerdo al que estuvieran degollando? ¿O quizá se le ocurriera pensar en la que no paraba de hablar ni de noche ni de día, y, cual cotorra corredora, perseguía a todo el mundo para contarle el más bobo de los chismes? ¿Podría ser alguna de esas mujeres la dama de los pensamientos de quien deseaba ser el mejor y más valiente de los caballeros andantes?

¡Por Dios que no podían! Seguramente por eso don Quijote no conseguía calmarse. Hasta que, de pronto, sus nerviosos e inquietos pasos se detuvieron en seco, y el caballero se dio una sonora palmada en la frente: ¡acababa de acordarse de cierta mujer que vivía en otro pueblo, aunque no muy lejano! El caso era que apenas la conocía, ni siquiera estaba seguro de haberla visto alguna vez de cerca; pero, fuera como fuera, había oído decir que era joven y hermosa.

—¡Ha de ser mi dama! —exclamó, y al instante se sintió enamorado.

Enseguida se puso a pensar en ella, y en sus pensamientos la veía menuda y delicada, elegante y pálida, prudente y dulce.

Después se dijo que tan maravillosa mujer tenía que tener un nombre maravilloso, no importaba cuál fuera el suyo propio. Él le buscaría un nuevo nombre que sonara al oído hermosa y suavemente.

«¡Dulcinea!», susurró después de algunas dudas. «Doña Dulcinea del Toboso, puesto que ese es el lugar en el que ha nacido... Dulcinea...», repitió con el corazón inundado de amor, y de nuevo se puso a pensar en ella.

Ahora se la imaginaba paseando sonriente por un florecido y tranquilo jardín en el que solo se oía el rumor de las aguas de un pequeño arroyo.

«Música le parecerá a mi Dulcinea el sonido del agua», se dijo a sí mismo don Quijote sonriendo también. Sentía tanta ternura en su enamorado espíritu que no pudo evitar que las lágrimas corrieran por sus mejillas.

«¡Ay, mi señora doña Dulcinea, qué daría yo por contemplaros ahora, no solo con los ojos del alma, sino también con los del cuerpo!», suspiró.

Pero ¿qué vería el enamorado caballero si pudiera, en aquellos precisos instantes, contemplar a la dama de sus pensamientos…?

Quizá, antes de describirlo, sería mejor saber cómo y quién era verdaderamente la tal señora doña Dulcinea del Toboso.

Para comenzar, se llamaba Aldonza Lorenzo, y era hija de Lorenzo Corchuelo, un rudo labrador vecino de El Toboso.

Hermosa y joven sí parece que fue, pero menuda y delicada, pálida y elegante, prudente y dulce…, ya no queda tan claro.

Según decían, era tan alta y fuerte como cualquier hombre de los más altos y fuertes.

Y según decían también, tenía las mejillas lo mismo que manzanas coloradas. Y en cuanto a lo de elegante…, no sé yo si alguien podía pensar así de ella, pues sus ropas eran de labradora: faldas a media pierna para poder correr cuando hiciera falta, blusa con buen escote, mangas arremangadas, alpargatas de esparto…

Y ¿era prudente y dulce...? En fin, no sé yo qué decir, pues si había que discutir, discutía con quien fuera, y no necesitaba de padres ni de hermanos para defenderse, y a veces hablaba tan alto y con tanta energía que hasta las cigüeñas de la torre de la iglesia se asustaban.

Pues bien, ahora digamos lo que hacía la dulce Dulcinea en el momento en el que su caballero daría cualquier cosa por poder contemplarla:

Dulcinea, o Aldonza, da lo mismo, perseguía a una vaca que se había desmandado:

—¡Párate, bicho malo, hija de Satanás, hermana de todos los diablos! ¡Espera a que te alcance, asqueroso animal! —decía a voz en grito, corriendo detrás de ella, y más cosas decía, muchas más...

Y por último, ¿imaginaba Dulcinea que el rumor del arroyo era igual que la música, mientras paseaba por la orilla sonriendo?

¡Qué iba a imaginar! ¡Qué iba a sonreír! Pero si Aldonza ni siquiera paseaba; si le faltaban horas en el día para labrar la huerta, ordeñar a las vacas, dar de comer al cerdo...

Lo que Aldonza sí hacía, cuando estaba cansada, era meter los pies en el arroyo y reír a carcajadas cuando el agua le hacía cosquillas en los dedos.

En fin, esta era Aldonza, una mujer de carne y hueso, valiente, decidida, fuerte y trabajadora, que nunca supo que un caballero andante, que la había hecho dama y cambiado el nombre, la llevaba muy hondo dentro del corazón.

¿Aldonza? ¿O Dulcinea? Qué más daba... Para don Quijote de la Mancha, que la imaginaba bella entre las bellas, era la dama de sus pensamientos, y con ella soñaba a todas horas.

Pues bien, así teniendo, o creyendo tener, cuanto tenían o necesitaban los caballeros andantes, don Quijote de la Mancha pensó que había llegado el momento de abandonar su casa y marchar por el mundo.

Pero le fue muy mal en esta su primera salida, por eso no hablaremos de ella. Baste decir que regresó pocos días después, molido a palos, aunque no desanimado.

¿Qué sucedió? ¿Cuál fue su error?

Pues su error fue que olvidó que un caballero andante, para andar por el mundo seguro y contento, también necesitaba de alguien que le ayudara a transportar las armas, a cuidar del caballo y, sobre todo, a levantarse del suelo cuando caía. La armadura era pesada, cualquiera lo comprende; por tanto, el que tropezaba y daba con sus huesos en el suelo, lo cual no era muy extraño, no podía moverse con tanto acero encima. Un caballero caído parecía un galápago boca arriba, agitando desesperado las piernas y los brazos.

En resumidas cuentas, que don Quijote, además de una dama, también necesitaba de un ayudante, o un escudero, que así se les llamaba en aquellos tiempos.

Pero tampoco le parecía nada fácil la tarea de encontrarlo. Hasta que, después de mucho pensar, se le vino a la mente cierto vecino suyo, llamado Sancho Panza, que era un labrador de pocas y malas tierras, que se ganaba la vida como podía, con la única ayuda de su burro, al que quería como a una persona, o más que a muchas personas.

Capítulo IV

En busca de aventuras

A don Quijote se le figuró que Sancho Panza podía ser buen escudero, de modo que se fue a hablar con él, y, más o menos, esto fue lo que le dijo:

—Escucha, Sancho amigo, has de saber que me he hecho caballero andante, y dentro de pocos días marcharé en busca de aventuras. También he de decirte que necesito un escudero, al que, cuando yo gane un reino, que lo ganaré, porque muchos caballeros andantes lo ganaron, como, por ejemplo, lo ganó el Cid Campeador, lo haré gobernador de algún territorio o de una isla... Y había pensado, Sancho, que tú bien podías ser ese escudero.

Sancho Panza, que nunca había oído hablar de caballeros andantes, se echó las manos a la cabeza y miró a don Quijote con la boca abierta y los ojos redondos como platos.

Pero el caballero comenzó a darle tantas razones, y a hablarle con tan hermosas palabras de eso de ser gobernador de una isla, que Sancho, que aunque buen hombre era algo simple, acabó dando vueltas a todo eso en su cabeza:

«El caso es que, si yo gobernara una isla, dejaría de levantarme a las cinco de la mañana, y no tendría que trabajar de sol a sol; comería perdices en vez de sopas de ajo; vestiría de pieles o de seda, según hiciera frío o calor... Mi mujer, Teresa Panza, sería gobernadora, a mi hija Sanchica la casaría con un conde y a mi hijo lo haría arzobispo».

Mientras se hacía estas reflexiones, don Quijote seguía insistiendo, de modo que Sancho acabó diciéndole que sí, que sería su escudero.

El caballero andante se puso más contento que unas pascuas; pero enseguida le advirtió que guardara el secreto:

—Sé prudente, Sancho, y de esto que hemos decidido, ni una palabra a nadie, porque si tu familia o la mía llegaran a enterarse de que pensamos marchar, nos harían la vida imposible.

—¡Seguro! —exclamó Sancho.

* * *

En secreto marcharon don Quijote y su escudero cierta noche de julio.

Andando de puntillas, para no despertar a su mujer y a sus hijos, se levantó Sancho de la cama y se dirigió a la cuadra. Le dolía en el alma no despedirse de ellos; pero se consolaba pensando que, cuando regresara, sería gobernador de alguna isla, y que entonces todos abandonarían aquella pobre casa para ir a vivir a un gran palacio.

En la cuadra, el burro dormía como un bendito; él le chistó en una oreja suavemente y luego le dijo, con gran cariño, que no debía asustarse, que no pasaba nada, era solo que se iban en busca de aventuras, y que dentro de unos días sería asno de gobernador:

—Y entonces, se acabó para ti marchar delante del arado y llevar sobre el lomo una carga de leña. Entonces holgazanearás el día entero, y por la noche dormirás en una cuadra con pesebres de mármol —le decía mientras lo aparejaba.

El asno no entendía sus palabras, pero sí comprendía el tono de su voz, y al sentirlo contento, se sentía contento. Pero no rebuznó, porque al ver que aún era de noche, entendió que no era prudente.

En fin, en silencio, salieron luego juntos por la puerta trasera y en silencio marcharon, a la luz de la luna, hacia el lugar en el que Sancho había acordado encontrarse con don Quijote.

A don Quijote le costó mucho más salir en secreto de casa, no solo porque el ama y la sobrina casi siempre estaban al acecho, sino también porque tuvo que vestirse de caballero andante, es decir, ponerse la armadura y coger las armas y el escudo. Y no era nada fácil caminar de puntillas y en silencio con tal peso en el cuerpo. En cuanto a su caballo, que, lo mismo que el asno, también dormía, al principio se sintió sobresaltado, pero cuando entendió, o creyó entender, que por fin se iban de paseo, su viejo corazón se puso a latir emocionado.

Lo peor fue convencer al galgo de que él no podía acompañarlos.

Don Quijote no era como Sancho; él no sabía mucho de hablar con animales, de modo que no supo explicarle que aquellas aventuras que iban a emprender no eran de las de cazar conejos y perdices, sino de las de luchar contra gigantes, dragones, magos y otras malas gentes. Así que solo dijo:

—¡Tú te quedas!

Y el galgo se quedó con el corazón roto, las orejas y los ojos bajos y el rabo caído.

Pues bien, don Quijote y Sancho salieron cada cual de su casa, y marcharon el uno al encuentro del otro hacia las viejas eras, donde habían quedado.

¡Qué distintos eran los dos, no solo en la figura, sino también en los pensamientos!

Don Quijote, montado en su viejo y flaco Rocinante, con la lanza en una mano y el escudo en la otra, el cuerpo largo y huesudo, el rostro afilado, la nariz curvada como pico de águila, y el bigote oscuro, lacio y caído. A la luz de la luna, parecía un fantasma, el fantasma de un caballero antiguo.

Sancho, encima de su burro, barrigón, pequeño y chato, con las alforjas llenas en uno de sus hombros y una bota de vino colgando del otro, parecía lo que era, un sencillo y humilde labrador de carne y hueso, aunque de más carne que hueso, por supuesto.

En cuanto a lo de pensar, Sancho pensaba en su familia, y don Quijote pensaba en Dulcinea.

«Si marcho de aventuras, es por ti, Teresa Panza, mujer mía, y por vosotros, Mari Sancha y Sanchico, mis dos queridos hijos», susurraba Sancho por dentro, como si con mujer e hijos estuviera hablando.

«Todo aquello que haga lo haré pensando en vos, mi amada Dulcinea, señora de mi alma, dueña de mi corazón... Os llegarán noticias de todas mis hazañas y de todas mis victorias, y, al oírlas, vuestro pecho se encenderá de amor...», decía don Quijote también por dentro, y después añadía: «¡Venid, llegad, apareced, gigantes, dragones y magos, que ya estoy deseando poner frente a frente vuestro valor y el mío!».

Cada uno por su lado, metido cada cual en sus pensamientos, marchaban por el pueblo adelante don Quijote y Sancho, hasta que se encontraron a la salida del lugar, junto a las eras del trigo.

—¡Buenas noches tengáis, Sancho amigo! —exclamó don Quijote lleno de gozo.

—Buenas noches, señor —respondió Sancho con no tanta emoción.

El burro y el caballo también se saludaron, y muy amablemente, por cierto. Parece que fue un caso de amistad a primera vista, y que, con el correr del tiempo, la tal amistad se hizo más fuerte y más profunda, o al menos eso se cree entender al leer el gran libro que escribió don Miguel de Cervantes.

Capítulo V

Una batalla desigual

La primera mañana después de la salida amaneció serena y luminosa. Don Quijote y Sancho Panza se sentían alegres. El asno y el caballo también caminaban contentos. ¡Qué silencio en los llanos campos de La Mancha...! ¡Qué calma! ¡Cuánta tranquilidad! Con tranquilidad y calma transcurrió casi toda la mañana. Quizá con demasiada, porque, a medida que avanzaba el día sin que se encontraran con nadie, don Quijote comenzó a impacientarse, pues estaba ansioso de aventuras.

Poco a poco, el sol empezó a molestar. Los cascos del asno y del caballo sonaban a cansancio. Sancho no podía contener los bostezos, y don Quijote no cesaba de alargar la mirada para ver si descubría a alguien. Pero hasta la línea del horizonte no se veía un alma.

¡Y de pronto...! ¿Qué era aquello que se movía a lo lejos?

Sancho dejó de bostezar y espabiló de golpe; pero, ¡bah!, solo eran molinos, unos treinta o cuarenta, de los muchos que había en La Mancha. El escudero los miró con enfado y otra vez bostezó.

Sin embargo, don Quijote parecía alterado:

—¡Deprisa, dame el escudo, Sancho! —exclamó con voz emocionada y rápida, mientras le brillaban los ojos y le temblaban el bigote y los labios.

—¿Qué sucede, señor? —preguntó el escudero.

—Mira hacia el frente, amigo, y dime si tú ves lo que yo veo —respondió el caballero poniéndose la mano encima de las cejas, a modo de visera, para ver mejor.

Sancho se preguntaba qué podría estar viendo. ¿Por fin llegaría un enemigo? ¿Sería quizá un dragón, un mago, algún mal caballero...? Pero ¿dónde estaría? Él no veía nada.

—¿Qué es lo que veis, señor? —le dijo a don Quijote.

—La suerte que tendremos en esta nuestra primera aventura va a ser muy grande, Sancho, mucho mayor de lo que había pensado.

El asombrado Sancho miró a su alrededor, pensando en la aventura de la que le hablaba su señor don Quijote. Estiró el cuello lo que pudo, a punto estuvo de rompérselo; pero a pesar de eso siguió sin ver a nadie.

—Mira hacia el frente, Sancho —insistió don Quijote—: Míralos, ahí están, firmemente plantados, dispuestos para entrar en batalla. Son unos treinta enormes y fieros gigantes. Contra todos ellos me dispongo a luchar, pues son muy malas gentes, que tienen secuestradas a damas y princesas, y además abusan y hacen daño a viudas y huérfanos. Después de que los venza, sus riquezas pasarán a ser nuestras, pues las habré ganado luchando con honor. Como es justo, yo te he de dar tu parte, pues bien te la mereces, Sancho amigo, por ser el más fiel de los escuderos.

De nuevo Sancho Panza alargó la vista lo que pudo; pero no vio gigantes ni al frente ni detrás.

—¿Qué gigantes son esos que veis? —preguntó extrañado.

—¡Aquellos! Los de los trajes blancos, esos que tienen los brazos tan largos y extendidos, esos que tenemos justamente delante de los ojos.

—¿Aquellos...? ¿A aquellos que tenemos enfrente vos les llamáis gigantes? —exclamó Sancho escandalizado, sin poder creer lo que escuchaba.

—¡Gigantes son, y de los más fieros! ¿No ves de qué manera mueven sus largos brazos? ¿No ves de qué forma nos están provocando? —respondió sin una sola duda don Quijote, ansioso de comenzar la lucha cuanto antes.

—¡Señor, no son gigantes! Son molinos de viento, y eso que creéis brazos son solo aspas.

—¿Molinos dices, insensato? ¿Aspas llamas a esos enormes brazos, mostrenco? ¿Cómo puedes confundir gigantes con molinos si no estás dormido?

—¡Molinos son! —insistió Sancho.

—Bien se nota que no sabes mucho de esto de las aventuras. ¡Son gigantes...! Y si tienes miedo, apártate a un lado, que yo me enfrentaré solo con ellos, aunque sea esta una batalla desigual y fiera —exclamó don Quijote, mirando a su escudero con los ojos tan rojos y brillantes como carbones encendidos.

Luego espoleó al pobre Rocinante y se lanzó a galope tendido hacia aquellos molinos de viento que él creía gigantes.

—¡No son gigantes! —seguía gritando Sancho, intentando detener aquella disparatada carrera.

Pero su señor ni siquiera lo oía, porque él también gritaba:

—¡No huyáis, cobardes criaturas! ¡No huyáis, cobardes…! —vociferaba con toda la fuerza de sus pulmones, viendo, en su imaginación, cómo aquellos molinos, que tan firmemente se asentaban en la tierra, eran gigantes que querían escapar de él como los ratones intentan escapar del más grande y fiero de los gatos—. ¡No huyáis! ¡Vergüenza habría de daros huir de un caballero solo! —repetía mientras se arrojaba contra los molinos con la lanza en una mano y el escudo en la otra.

Sancho, horrorizado, se tapó los ojos y los oídos. El asno quiso avisar a su amigo el caballo del peligro en el que se hallaba, pero del susto ni rebuznar podía.

Razón tenían los dos para temer, porque al primer ataque, caballo y caballero salieron por el aire para ir a caer al suelo como desmadejadas marionetas a las que de repente les hubieran cortado los hilos.

En el suelo quedaron como muertos, tan unidos y mezclados que parecían un solo y extraño ser, y donde tenía que haber brazos había patas, y donde debería haber cabeza de hombre la había de animal.

El asustado asno y el aterrorizado Sancho corrieron hacia ellos lo más deprisa que sus cortas patas y piernas les permitieron.

—Señor, que ya os lo advertí, que eran molinos y no gigantes —decía Sancho tratando de ayudar a don Quijote.

Pero el dolorido y magullado caballero respondió entre gemidos:

—No lo creas, Sancho, gigantes eran; pero has de saber que existe cierto mago, muy enemigo mío, que ha convertido a los gigantes en molinos de viento para que, de ese modo, yo no pueda vencerlos. Y no te has de extrañar, pues cosas como estas, u otras parecidas, ocurren con frecuencia a los caballeros andantes.

Sancho miró a su señor sin saber qué pensar: durante toda su vida se había fiado de lo que sus ojos veían, porque él no sabía nada de magos, encantamientos y caballeros andantes, en cambio don Quijote era un hombre sabio que había leído todos los libros que en el mundo se habían escrito.

—¡Válgame Dios! —suspiró por fin, pensando que, si ocurrían cosas tan extrañas, y además con frecuencia, quizá el trabajo de escudero fuera demasiado difícil para él.

De todas formas, puso todo su empeño en ayudar al golpeado don Quijote y al magullado Rocinante a caminar de nuevo.

Así, otra vez marcharon campo adelante. Daba pena mirarlos: el caballo iba cojo y con el lomo hundido; el caballero, dañado y con la lanza rota. Sin embargo, cabalgaban con la cabeza alta, pues creían que no fueron vencidos por ser cobardes, sino por arte de magia.

Capítulo VI

El malvado Alifanfarón

Cuando don Quijote se repuso un poco de los muchos golpes que llevaba en el cuerpo, se volvió a Sancho y le dijo:

—Tengo decidido, Sancho amigo, que nos dirijamos ahora a cierto lugar del que, sin duda, tendrás noticia. Pensando estoy en Puerto Lápice, que, como sabes, es un cruce de caminos. Allí no será difícil que nos veamos envueltos en varias y provechosas aventuras, puesto que, por un lado y otro, vienen y van muchas clases de gentes.

Sancho estuvo de acuerdo en eso, pues mientras más pronto tuvieran alguna aventura provechosa, más pronto regresarían a casa, de la que ya estaba muy arrepentido de haber marchado.

Y ciertamente tuvieron aventuras, antes de Puerto Lápice, en Puerto Lápice y después de Puerto Lápice; pero de todas ellas salieron sin provecho y con múltiples golpes.

Demasiadas fueron para contarlas todas; pero baste una como botón de muestra.

Ocurrió que, saliendo de Puerto Lápice, y tras haber cabalgado un trecho, don Quijote y Sancho hablaban de sus cosas:

—No sé yo qué sacamos en limpio de todo esto que vos llamáis aventuras y yo desventuras. Lo que a mi pobre entendimiento le parece es que sería mejor volver a nuestro pueblo, ahora que aún es tiempo de siega —decía Sancho.

—Qué poco sabes, Sancho, de esto de la caballería andante. Calla y ten paciencia, que vendrá el día en el que tú mismo verás el provecho de estas marchas nuestras. Y debes saber que no hay nada que dé más satisfacción y honra que vencer en justa lucha a algún malvado enemigo —decía don Quijote.

—Así debe de ser; pero, desde que vos os hicisteis caballero andante y yo escudero, no hemos vencido en ninguna batalla —se lamentó Sancho.

Y de pronto don Quijote descubrió que en el camino se levantaba una espesa y gran polvareda, y sintiendo que su corazón latía emocionado, exclamó con muy alegres palabras:

—Este es el día, ¡oh, Sancho!, en el que, por fin, has de ver mi buena suerte. Este es el día en el que demostraré mi gran valor, y haré cosas tan importantes que quedarán escritas en el Libro de la Fama y serán recordadas dentro de varios siglos.

Sancho miró extrañado a su señor, y don Quijote añadió:

—¿Ves aquella polvareda que se acerca? Pues lo que la causa es un grandísimo ejército.

Alargó Sancho la vista y también descubrió la enorme polvareda, o, mejor dicho, descubrió dos polvaredas, una que se aproximaba por delante y otra por detrás.

—Pues, por lo que parece, deben de ser dos ejércitos los que se acercan, porque yo veo dos polvaredas —le dijo a don Quijote.

Miró con atención el caballero y, en efecto, eran dos las grandes polvaredas. Por tanto, dos tenían que ser los ejércitos. Iban el uno hacia el otro, lo que quería decir que se disponían a luchar.

Pensando en todo esto, su imaginación se puso a cavilar y, al instante, una fantástica historia se formó en su mente, y en ella la veía con la misma claridad que si fuera cierta.

—Esos dos grandes ejércitos que se acercan se disponen a entrar en batalla —le dijo a Sancho, con tanta seguridad que el escudero lo creyó firmemente.

—Señor, en tal caso, ¿qué debemos hacer nosotros?

—Ayudar a aquel que defienda la causa más justa. Y has de saber, mi buen Sancho, que al ejército que viene por enfrente lo conduce el emperador Alifanfarón de Trapobana, y al que viene por detrás, su enemigo, el rey Pentapolín del Arremangado Brazo.

—¿Y por qué se llevan tan mal estos dos señores? —preguntó Sancho.

—Porque Alifanfarón quiere casarse con la hija de Pentapolín, y este no está dispuesto a consentirlo, porque el tal emperador, ni es buena persona, ni piensa que sea digno de ella.

—¡Por mis barbas que tengo que ayudar a Pentapolín en lo que pueda! —exclamó Sancho, contagiado del entusiasmo de su señor.

Enseguida, don Quijote comenzó a nombrar a los caballeros que iban con uno y otro ejército, y también le decía cómo eran sus armas y sus banderas, y, además, le contaba las cosas buenas y las cosas malas que unos y otros habían hecho, con tantos detalles como si a todos los conociera.

Sancho estaba admirado de lo mucho que su señor sabía, y, de cuando en cuando, alargaba la vista para ver si distinguía a algunos de los que don Quijote le describía.

—¿No oyes, Sancho, el relinchar de los caballos y el sonido de las trompetas y tambores? —preguntaba don Quijote cada vez más excitado.

Sancho, muy extrañado, respondía que no, que no escuchaba nada.

—¿Y ahora? ¿Los ves? ¿Los oyes? —casi gritaba don Quijote cuando la polvareda ya estaba muy cercana.

El asombrado escudero empinaba las orejas como si fuera una liebre y afinaba el oído como si fuera un perro, ansioso de oír el relinchar de los caballos, el chocar de los escudos y las armas, y aquellos otros sonidos de trompetas y tambores que su señor oía con tanta claridad.

Pero nada de esto escuchaba; lo único que él distinguía eran otros sonidos, muy distintos y conocidos.

—Lo único que oigo son balidos de ovejas y carneros —susurró confuso.

—Balidos de ovejas y carneros… —rió burlándose don Quijote—. Otra vez tienes miedo, Sancho. El miedo es el que hace que no veas ni oigas a derechas, porque el miedo confunde los sentidos y hace que las cosas parezcan lo que no son. Pero si tan asustado estás, apártate a un lado, que yo me uniré al ejército de Pentapolín y, con mi solo esfuerzo, les daré la victoria.

Diciendo esto, don Quijote espoleó al sufrido y desgraciado Rocinante y lo hizo lanzarse por una cuestecilla abajo contra uno de los rebaños de ovejas que se acercaban, porque rebaños eran, y no ejércitos.

Al pobre Sancho otra vez le tocó asustarse y gritar para tratar de detenerlo:

—¡Vuélvase, mi señor don Quijote, que son carneros y ovejas! ¡Vuélvase...! ¿Qué locura es esta? Mire que no hay reyes, ni caballeros, ni armas, ni banderas, ni trompetas, ni tambores...

Pero, una vez más, don Quijote no lo escuchaba.

Don Quijote tenía a su valeroso corazón latiendo emocionado, y ni un ejército verdadero lo hubiera detenido.

En cuanto a Rocinante, sus viejos huesos estaban a punto de hacerse mil pedazos, pero, por ser caballo de tan valiente caballero, no pensó ni un momento en detenerse.

—¡Seguidme, caballeros del buen rey Pentapolín del Arremangado Brazo! ¡Seguidme todos, que en muy poco tiempo venceremos al ejército del malvado Alifanfarón!

Esto, o algo muy parecido, era lo que gritaba don Quijote mientras galopaba.

Entre gritos se metió luego en el rebaño de ovejas y carneros y comenzó a atacarlos como si fueran sus mayores y más odiados enemigos.

Los asustados animales corrían y se desperdigaban con enorme espanto y mayor asombro. En cuanto a los pastores, vociferaban a aquel loco de atar, que no sabían de dónde había salido ni por qué actuaba así, para que se detuviera, porque si no, sabría lo que era bueno.

Y como don Quijote no les hiciera el menor caso, acabaron sacando sus hondas y le arrojaron piedras como puños.

Pero don Quijote seguía gritando:

—¿Dónde estás ahora, soberbio Alifanfarón? ¿Dónde te ocultas, que no te veo? ¡Ven a luchar conmigo, ya que dices que eres tan valiente! ¡Ven tú solo, ya que también yo estoy solo!

Esto, o algo muy parecido, fue lo que dijo y siguió diciendo, hasta que cayó derrumbado del caballo bajo una intensa lluvia de piedras.

Pensaba el derribado caballero que eran golpes de cientos de lanzas y de espadas aquello que caía sobre su desdichado cuerpo, y también pensaba que el malvado Alifanfarón debía de ser el más grande de todos los cobardes cuando no se atrevía a luchar con él cara a cára y cuerpo a cuerpo, y para defenderse le hacía falta la ayuda de un ejército entero.

Los pastores, viéndolo inmóvil y casi sepultado debajo de las piedras, creyeron que lo habían matado y reunieron sus rebaños a toda prisa, y, también a toda prisa, huyeron a lugares más tranquilos.

Otra vez quedó don Quijote en el suelo sin poder moverse, y lo mismo le ocurrió al triste Rocinante. Otra vez el asno y Sancho corrieron hacia ellos con el miedo en el cuerpo...

¡Ay!, pobre y alocado caballero, otra vez se metió donde nadie lo llamaba. Se equivocó de nuevo. Creyó que eran ejércitos y no rebaños, como antes creyó que eran gigantes y no molinos. De nuevo no pensó en el peligro, y se lanzó contra aquellos que, según él pensaba, cometían una grandísima injusticia.

Capítulo VII

Hacia el reino de Micomicón

Después de la tremenda lucha con aquellos «ejércitos» de lanas y pezuñas, don Quijote, a pesar de estar molido desde los talones hasta el pescuezo, decidió continuar marchando hacia ciertos montes que llamaban de Sierra Morena.

En el camino se vieron envueltos en otras muchas aventuras, de nuevo disparatadas, de las que solo obtuvieron aún más golpes y ningún provecho. Sin embargo, nuestro caballero andante en ningún momento se sintió avergonzado, puesto que aún pensaba que los verdaderos culpables de sus desdichas siempre fueron la magia y los encantamientos.

En cambio, Sancho con frecuencia se sentía tan confuso y desanimado que ganas le daban de dejarlo todo y regresar a casa. No lo hizo por el mucho respeto y fidelidad que, en lo más hondo, guardaba hacia aquel extraño caballero andante, y también porque no perdía las esperanzas de topar, al fin, con alguna verdadera aventura que convirtiera a su señor en emperador o rey, y a él, en gobernador.

Ya en la sierra, don Quijote le pidió a Sancho que lo dejara solo, pues deseaba meditar en las grandes aventuras que hasta entonces habían corrido y también quería pensar en su muy amada y amable Dulcinea. Así dijo a Sancho:

—Mientras medito y pienso, ve tú a El Toboso, busca a mi dama y entrégale la carta que he escrito para ella.

Y hacia El Toboso marchó el escudero, aunque no de muy buena gana, pues no sabía dónde encontrar a la tal dama, que no lo era, sino labradora, ni menos qué iba a decir ella cuando leyera lo que su señor le escribía.

Temiendo estaba que Aldonza Lorenzo se riera en sus propias barbas, y con enormes risotadas. Se la imaginaba con la carta en la mano corriendo por El Toboso mientras gritaba a todo el mundo que el caballero que se la enviaba tenía que estar completamente loco.

Sin embargo, Sancho nunca llegó a El Toboso, ya que quiso la casualidad que a mitad de camino, después de unos días de aburrida y solitaria marcha, se encontrara con el cura y el barbero de su pueblo.

Pero ¿quiénes eran el cura y el barbero? ¿Y qué pintan aquí? Pues tanto el cura como el barbero eran dos grandes amigos de don Quijote, o de don Alonso Quijano, que este era el nombre por el que ellos lo conocían. Juntos tomaban vinos en el mesón de la plaza del pueblo, jugaban a las cartas y a los dados, charlaban, discutían, salían de caza...

En fin, hacían lo que los amigos hacen, antes de que a uno de ellos le diera por convertirse en caballero andante.

Pues bien, por ser amigos de don Alonso, al cura y al barbero les tocó salir en su busca cuando Sancho y él desaparecieron sin decir una palabra a nadie. Por amistad lo hicieron, desde luego; pero quizá también estuvieran un poquito aburridos de pasarse la vida en el pueblo haciendo todos los días lo mismo; quizá les apeteciera ver algo de mundo, conocer gente nueva y divertirse un poco.

En fin, cualquiera sabe; el caso fue que, cuando por casualidad se encontraron con Sancho, se habían detenido en una posada del camino, y a alguna gente nueva sí que habían conocido.

De la posada salían, precisamente, cuando, todavía desde lejos, divisaron a Sancho. Y sin más se fueron hacia él y, sin siquiera saludarle, le preguntaron:

—Amigo Sancho Panza, ¿dónde está tu señor?

Sancho, que no quería descubrir a don Quijote, les dijo que lo había dejado en cierto lugar, haciendo cierta cosa de cierta importancia.

—¡Sancho Panza, si no nos dices dónde está don Alonso, pensaremos que lo has matado para robarle! —gritaron el cura y el barbero.

—¡No, no! No soy yo hombre de robar y matar —protestó Sancho indignado y dolido, y luego añadió—: Mi señor está en ciertos montes porque esa es su voluntad, y yo voy a El Toboso para entregar una carta suya a cierta labradora, a quien él cree dama y llama doña Dulcinea, y de la que está perdidamente enamorado.

—¿Dices que don Alonso anda enamorado de una labradora a la que cree dama? —preguntaron a la vez el cura y el barbero.

—Eso digo, y también digo que se ha hecho caballero andante y ahora se llama don Quijote de la Mancha. Yo soy su escudero, y vamos juntos por el mundo en busca de aventuras con las que ganar un reino o un imperio. Me tiene prometido que, cuando él sea rey o emperador, me entregará el gobierno de alguna isla. Hasta ahora, las aventuras que hemos corrido han sido todas falsas y disparatadas. Sin embargo, no pierdo las esperanzas de hallar por fin alguna verdadera, de modo que, más pronto que tarde, me vea convertido en gobernador.

Oyendo todo esto, el cura y el barbero se admiraron tanto de la locura del caballero y de la simpleza del escudero, que enseguida se pusieron a pensar en cómo sacar a don Quijote, lo más pronto posible, de los montes en los que estaba para, también lo más pronto posible, llevarlo con ellos de vuelta a casa.

Después de mucho cavilar, al cura se le ocurrió lo que le pareció una idea excelente:

—Si uno de nosotros se disfraza de dama andante y el otro de su escudero, podremos llegar hasta él y decirle que necesitamos de su ayuda y valentía para que nos defienda de un malvado caballero que nos está haciendo un grandísimo daño y nos tiene sometidos a enormes injusticias. Seguro que no dudará un momento en acudir a socorrernos —dijo el cura.

Al barbero el plan le pareció de perlas, de modo que regresaron a la posada y le pidieron a la posadera algunas ropas con las que disfrazarse.

Poco después volvieron a salir, y cuando Sancho vio al cura con unas faldas de terciopelo negro, un corpiño verde, un extraño sombrero y un antifaz que le cubría el rostro, creyó morir de risa.

¡Pues y el barbero...! El barbero se había fabricado unas larguísimas barbas rojas que, más que barbas, parecían el rabo de un buey.

En fin, a pesar de las risas, estuvo muy de acuerdo en ir a sacar a don Quijote de los montes en los que estaba, pues no le parecía que aquel fuera buen sitio, ni tampoco que allí pudieran encontrar aventuras provechosas y verdaderas, de modo que se olvidó de El Toboso, de la carta y de la propia Dulcinea y, dando la vuelta, se dispuso a conducir al cura y al barbero al lugar de Sierra Morena en el que había dejado a su señor.

De todas formas, el buen Sancho tenía serias dudas de que, con aquellos disfraces, el cura y el barbero consiguieran convencer a don Quijote de que realmente eran una dama andante y su escudero; pero pensó que, con probarlo, no se perdía nada.

Sin embargo, durante el camino sucedió algo que facilitó las cosas. El hecho fue que conocieron a una joven y hermosa mujer. Se llamaba Dorotea, y marchaba por el mundo sin rumbo, sola y disfrazada de hombre.

Por casualidad la descubrieron cuando ella, en un momento de descuido, había soltado el largo pelo que llevaba recogido y oculto debajo de un sombrero de labrador. La joven, al verse descubierta, se sintió asustada y pesarosa, pero enseguida comprendió que aquellos con los que se había topado no eran un peligro para ella, sino la mejor de las compañías.

Después de un rato de amistosa charla, el cura y el barbero la pusieron al corriente de la extraña locura de su buen amigo don Quijote, de cómo ellos, que habían salido en su busca, intentaban llevarlo de regreso a casa y del plan que habían ideado para eso. También le dijeron que, viéndola, se les ocurría que ella, con su gran hermosura, podría ablandar mucho más fácilmente el corazón del caballero que un cura disfrazado de doncella.

La joven, que además de hermosa de cuerpo también lo era de corazón, les dijo que estaba dispuesta a acompañarlos a Sierra Morena para ayudarles a convencer a don Quijote de que volviera con ellos.

Así marcharon todos juntos hacia donde el caballero había quedado, lo que les llevó algunas jornadas de camino.

Pensaron que sería más prudente que Sancho se adelantara y advirtiera a su señor de que una joven dama iba en su busca, pues estaba necesitada de su ayuda; de modo que el escudero comenzó a marchar solo hacia el encuentro de don Quijote. Pero, como no lo encontró donde lo había dejado, lo llamó a gritos mientras lo buscaba con el corazón alterado:

—¿Dónde estáis, señor? ¿Dónde os habéis metido? Salid, salid, por Dios, y no me atormentéis.

Más o menos esto estaría gritando el angustiado Sancho cuando por fin apareció don Quijote. En camisa, descalzo, con las flacas piernas al aire, despeinado, hambriento y pálido, parecía algún fantasma loco; pero el buen escudero se alegró tanto de verlo que corrió hacia él y lo apretó entre sus rollizos brazos, con tal fuerza que al caballero le crujieron los huesos.

—Venid, venid conmigo, pues, por lo que veo, la estancia en estos montes no os hace ningún bien —le suplicaba Sancho mientras lo abrazaba—. Además, hay una joven dama que os necesita...

—¡Ni puedo ni debo marchar de aquí hasta no haber hecho alguna hazaña tan sonada y gloriosa que, llegando a oídos de mi señora doña Dulcinea, la llene de orgullo y alegría! —respondió don Quijote, con tanta firmeza, que el desanimado Sancho volvió sobre sus pasos para ir a encontrarse de nuevo con el cura, el barbero y la hermosa Dorotea.

Después de haberlo escuchado, y viéndolo tan triste y preocupado, la joven dama le dijo que no se inquietara, porque ella sabría cómo vencer la resistencia del caballero, y segura estaba de sacarlo de aquellas sierras.

Enseguida se pusieron otra vez en marcha, y poco después divisaron a don Quijote, vestido ya, pero entrando y saliendo entre las altas peñas como si en ellas fuera a encontrar la gloriosa hazaña que tanto deseaba.

La hermosa Dorotea fue a su encuentro, acompañada del cura y el barbero, y al llegar junto a don Quijote, se le echó a los pies y dijo, con muy sentidas palabras, más o menos lo que sigue:

—De aquí no he de levantarme, valiente y famoso caballero, hasta que no me prometáis que me haréis un inmenso y difícil favor.

—Levantaos entonces, hermosa dama, que ya tenéis concedido el favor que me pedís, sea este el que sea —exclamó enseguida don Quijote alzándola del suelo sin manifestar ningún tipo de sorpresa, como si tan repentina e inesperada aparición fuera lo más natural del mundo.

—Lo que yo os pido es que me acompañéis y luchéis con el malvado gigante que me ha arrebatado el reino de Micomicón, del que yo soy la única y legítima heredera —explicó Dorotea con palabras que sonaban cada vez más emocionadas.

—Ya podéis olvidar vuestra tristeza, hermosa princesa Micomicona, pues con la ayuda de Dios y la fuerza de mi brazo, ese malvado gigante será vencido, y vos muy pronto estaréis sentada en vuestro trono —respondió don Quijote, y luego añadió que se pusieran en marcha inmediatamente, pues convencido estaba de que las cosas salían mejor mientras más pronto se hacían.

El cura y el barbero, que se morían de ganas de verse lejos de aquellos montes, estuvieron de acuerdo, de modo que, sin perder un minuto, comenzaron todos a marchar.

Y así fue como don Quijote se halló de nuevo en el camino. Dispuesto estaba, una vez más, a hacer toda clase de sacrificios para ayudar a quien lo necesitaba. Así, creía que iba hacia el reino de Micomicón a luchar contra un fiero gigante. Ansioso estaba de devolver su trono a una triste princesa. Pensando en su alegría, ya se sentía alegre. Se decía también que quizá aquella fuera la gloriosa y sonada hazaña de la que su señora doña Dulcinea pudiera sentirse emocionada y orgullosa. Pensando en ella, se volvió a Sancho y le preguntó si la había visto y le había entregado su mensaje, a lo que el escudero respondió como Dios le dio a entender.

En fin, hacia el reino de Micomicón se figuraba don Quijote que se dirigían. Soñando con victorias y proezas marchaba. Sin embargo, no había gigante, reino ni princesa. Hacia su pueblo y su casa iban; contra su voluntad y con engaños lo llevaban.

Capítulo VIII

De vuelta a casa

Para que don Quijote y la princesa Micomicona descansaran, el cura y el barbero, que aún seguían disfrazados, decidieron detenerse en la misma posada en la que antes se habían encontrado con Sancho.

Cuando don Quijote la vio, no pensó que era posada, sino castillo, y no uno cualquiera, sino un auténtico castillo encantado.

En el tal castillo encantado pasaron varios días, y durante todo el tiempo, el buen caballero estuvo firmemente convencido de que la hermosa Dorotea era una verdadera princesa; el cura y el barbero, una dama andante y su escudero; el dueño de la posada tenía que ser, por fuerza, el señor del castillo, y además, al estar este encantado, sería un peligroso mago con muy grandes poderes, como magos serían también, aunque de menor graduación e importancia, la mayor parte de sus servidores. Por todo esto, no le sorprendieron algunas de las extrañas cosas de «encantamiento» que en aquel lugar le sucedieron. Muchas fueron, para contarlas aquí y ahora. Baste decir que el caballero las sobrellevó con paciencia y sin alterarse; no así Sancho, que cada vez se sentía más incómodo y asombrado.

Pero al fin llegó el momento de volver a ponerse en camino para marchar a casa, y el cura y el barbero no sabían cómo quitarle de la cabeza a don Quijote aquel disparate que habían inventado para hacerle salir de Sierra Morena, es decir, eso del reino de Micomicón y de devolver su trono a la princesa Micomicona; de modo que, con la ayuda de algunos amigos que en la posada habían conocido, idearon un nuevo plan, aunque esta vez sin decir una palabra a Sancho. Y no lo hicieron porque les parecía que a él no iba a gustarle el nuevo engaño que esta vez ellos habían pensado.

En resumidas cuentas, esto fue lo que sucedió, esto fue lo que, entre varios, llevaron a cabo sin que Sancho lo supiera:

La noche estaba avanzada. Don Quijote dormía profundamente. Todo era reposo y tranquilidad a su alrededor. De pronto, a la luz de la luna, apareció en la habitación del caballero un silencioso y extraño grupo de personas disfrazadas: uno parecía un diablo con cuernos y rabo; otro, un ser monstruoso con un solo ojo y dos bocas...; el que estaba a su lado tenía cabeza de dragón, y el de más allá la tenía de león... En fin, cada uno se disfrazó como pudo y con lo que pudo...

«Chist...», se decían unos a otros tratando de contener la risa. «Chist...». «Cuidado...». «Que no se despierte...». «¡Ahora!». «¡Las cuerdas, todos al mismo tiempo...!».

¡Las cuerdas, todos al mismo tiempo! Ese era el secreto, ese era el plan... En silencio y con gran rapidez, diablos, dragones, monstruos... cayeron sobre el dormido caballero y lo ataron de pies y manos, o mejor dicho, también de piernas y de brazos.

El caso fue que cuando don Quijote despertó, aturdido y sobresaltado, se encontró con que no podía mover ni un dedo y con que, además, se hallaba rodeado de extrañas y temibles figuras.

No le hizo falta pensar mucho:

«Debo de estar encantado, puesto que no puedo moverme», se dijo a sí mismo. «Y estos que me rodean son los fantasmas del castillo», añadió luego.

Pero no pronunció una palabra, ni mucho menos gritó, ni siquiera cuando todos aquellos fantasmas lo alzaron del lecho y lo sacaron, primero de la habitación y luego del castillo. Tampoco se quejó cuando lo encerraron en una jaula hecha de palos, de esas que se usaban para transportar animales.

Bien sabía él que los verdaderos caballeros andantes tenían que soportarlo todo con paciencia, y también sabía que estaban expuestos a muchos y grandes peligros, y entre esos peligros, los peores eran los de encantamiento; pero los caballeros andantes salían al mundo por propia voluntad, de modo que, como nadie los obligaba a nada, de nada ni de nadie debían quejarse.

Los fantasmas del castillo, después de encerrar a don Quijote en la jaula, pusieron esta sobre una carreta tirada por bueyes.

En silencio y a la luz de la luna, empezaron a marchar: la carreta, el carretero, los fantasmas, el cura y el barbero disfrazados... Y Sancho, el triste y asombrado Sancho, que, como no sabía nada de aquel nuevo y extraño plan, tampoco

sabía si su señor estaba o no encantado... Se le figuraba que no lo estaba; pero él no entendía casi nada de encantamientos. De todas formas, le dolía el corazón verlo así enjaulado, como si fuera algún fiero animal y no un valeroso caballero andante, porque lo era, aunque a veces hiciera disparates.

Tampoco sabía mucho Sancho de las cosas de la caballería; pero sí sabía que los escuderos no abandonan a los caballeros, y mucho menos cuando estos son vencidos o caen en desgracia. Por eso caminaba a su lado, al mismo paso que los bueyes.

En cuanto al asno y al caballo, marchaban amarrados a la carreta, con las orejas gachas y los cascos humillados, pero resignados a su suerte, porque si a sus dueños las cosas se les habían puesto en contra y no se quejaban, tampoco iban a quejarse ellos, de modo que ni el uno rebuznó ni el otro relinchó, aunque no les faltaban ganas.

Como ya se ha dicho, don Quijote no protestaba y encantado se creía; pero había algo que le extrañaba, por eso se volvió hacia Sancho y le dijo, más o menos, lo que sigue:

—Muchas historias he leído yo de caballeros encantados, pero en ninguna de ellas los llevaban de esta forma. Siempre solían transportarlos por los aires, a enorme velocidad, encerrados dentro de alguna oscura nube o sobre algún extraño animal con alas. Nunca supe que fueran llevados en un lento carro de bueyes. Esto me confunde mucho, aunque quizá sea que los encantamientos de ahora son distintos de los de antes. ¿Qué te parece a ti, Sancho amigo?

—No sé yo lo que me parece, porque no sé nada de caballeros andantes, y aún menos cuando están encantados —respondió Sancho con tristeza.

Y con tristeza siguieron el camino. Hasta que el triste y asombrado Sancho le preguntó a don Quijote algo muy parecido a esto:

—Decidme, señor, ¿tenéis o no tenéis necesidad de hacer aguas?

—¿A qué aguas te refieres, Sancho?

—A esas aguas del cuerpo que todos tenemos necesidad de echar fuera de cuando en cuando.

—Ah, esas aguas... Pues ahora que lo dices, sí que las tengo, y muchas, Sancho.

—¡Pues entonces no estáis encantado! Porque los que están encantados son como los fantasmas o los espíritus, que ni comen ni beben ni hacen aguas ni otras cosas mayores —exclamó Sancho.

—No creas, Sancho amigo, no todos los encantamientos son lo mismo. Encantado me llevan, encantado estoy y he de soportarlo con paciencia —se empeñó en decir don Quijote.

Pero el buen Sancho, que ya no creía en el tal encantamiento, se sentía cada vez más indignado con el cura y el barbero:

«Ganas me dan de arrancarles esas ridículas barbas y ese ridículo disfraz, para que mi señor sepa que son ellos los que lo llevan de tan mala manera, encerrado en una jaula de animales», se decía a sí mismo, apretando los puños para así contener la rabia.

En fin, algunas cosas sucedieron todavía en aquel largo y pesado viaje de vuelta; pero nos llevaría demasiado tiempo contarlas, y además carecen de relevancia. Lo único importante es que aquellos que una noche salieron de aventura con los pasos y los corazones alegres, soñando con conquistar reinos e islas, volvieron a su pueblo en pleno día, sin haber conseguido otra cosa que no fueran burlas y golpes. Y, para colmo de males, como era domingo, casi todo el mundo estaba en la Plaza Mayor... Aunque el gran escritor don Miguel de Cervantes no dice que alguien se burlara cuando la carreta tirada por los cuatro bueyes apareció en el pueblo. Al contrario, en la Plaza Mayor se hizo un profundo y respetuoso silencio, pues, por lo que parece, a pesar de su locura, don Quijote con nadie se metía y a todos respetaba, por lo que por todos era respetado.

Solamente un muchacho, un niño casi, comenzó a gritar:

—¡Que vuelve don Alonso! ¡Que llega Sancho Panza! —pero lo hizo sin mala intención, porque después corrió hacia la casa del uno y del otro a avisar al ama y a la sobrina de don Quijote y a Teresa Panza, pues bien sabía que estaban preocupadas.

Teresa Panza apareció en la plaza a todo correr, y en cuanto vio a Sancho tan triste y cabizbajo, sintió que el enfado que hasta entonces tenía se le iba por el aire:

—¿Cómo vienes de salud, Sancho, marido mío? —preguntó, o quizá fuera algo muy parecido.

—Bien vengo, Teresa, mujer mía.

—¿Y el asno, cómo viene?

—Viene bien.

—Pues entonces, vamos a casa —dijo Teresa; pero luego preguntó—: ¿Y qué es lo que has sacado en limpio de esta salida tuya con don Alonso? ¿Qué me traes? ¿Qué les traes a tus hijos?

—Nada traigo ni nada he sacado en limpio esta vez... —tuvo que reconocer Sancho; pero enseguida añadió—: Sin embargo, habrá otras veces, y otras aventuras. En alguna de ellas mi señor conquistará un reino o un imperio, y a mí me hará gobernador de una isla. Entonces, tú, ¡tú, Teresa Panza, mujer mía, serás gobernadora!

Al buen Sancho le brillaban los ojos de entusiasmo; pero Teresa Panza meneó la cabeza, lo miró serenamente y dijo:

—No quiero yo ser gobernadora.

Eso fue lo que dijo, o más o menos eso, y algunas cosas más que no nos queda tiempo de contar.

En cuanto a la sobrina y al ama de don Quijote, también aparecieron a todo correr, y cuando lo vieron encerrado en la jaula, lloraron y gritaron, y dijeron algunas cosas que no merece la pena repetir.

Quien también apareció en la plaza, y saltando de contento, fue el galgo; pero cuando vio a su señor encerrado en la jaula, olvidó la alegría, agachó las orejas y se acercó a él moviendo el rabo muy triste y suavemente. Después miró al caballo. «¿Qué ha pasado?», le preguntó en silencio, y el pobre Rocinante no supo responderle.

Don Quijote no dijo una palabra a nadie, pues aún se creía encantado, y los que están encantados apenas hablan. Pero por dentro pensaba que, en cuanto cesara aquel encantamiento, volvería a marchar por esos caminos de Dios para así ayudar a los que lo necesitaban, pues caballero andante era, y los caballeros andantes no reposan mientras en el mundo quede una sola injusticia.

Y así termina la primera parte de la gran obra del gran don Miguel de Cervantes. Quizá, después de leer lo anteriormente escrito, alguien tenga la tentación de reír a grandes carcajadas; sin embargo, no es cosa de risa, porque aunque don Quijote de la Mancha tenía la mente alterada, y confundía molinos con gigantes y rebaños con ejércitos, también tenía el corazón valiente y generoso.

Segunda parte

Capítulo I

De nuevo en los caminos

Un mes entero, un larguísimo mes, permaneció don Quijote sin salir de casa ni hablar con nadie.

—Lo mejor será que duerma y que descanse, que el sueño y el descanso, junto con la buena comida, fortalecen los cuerpos y las mentes —decían el ama y la sobrina.

Y a los que se interesaban por la salud de don Alonso, también les decían que durante algún tiempo no era conveniente que recibiera visitas.

Así que a solas con él mismo lo dejaron, y como le habían quitado toda clase de libros, don Quijote no podía hacer otra cosa que no fuera comer y dormir. O eso creían ellas, porque no todo aquel que tiene los ojos cerrados está dormido. La verdad era que, durante todo un mes, lo que don Quijote hizo fue pensar y soñar despierto, pues, por suerte, los sueños son libres, y los pensamientos, secretos.

Y ¿en qué pensaba el caballero? ¿Qué era lo que soñaba?

Pensaba en las muchas y grandes injusticias que en el mundo hay, y soñaba con que era él quien las remediaba.

Día a día, sus pensamientos y sus sueños crecieron, de tal modo que acabaron por no caber dentro de su cabeza, y fuera de su cabeza veía las cosas con las que soñaba. Así, unas veces le parecía que la habitación estaba llena de hermosas y tristísimas doncellas, desconsoladas viudas, hijos sin madre, madres sin hijos...; y otras veces veía en ella enormes gigantes, perversos magos, peligrosos dragones, injustos y poderosos caballeros... Con estos y con aquellos hablaba él por dentro. A unos les prometía ayuda y consuelo, a otros los amenazaba con la mayor fiereza y les advertía de que muy pronto tendrían su merecido.

Pero en quien más pensaba don Quijote, con quien más hablaba en sueños, era con su hermosa y dulcísima Dulcinea; podría decirse que siempre estaba con él, pues en lo más hondo de su corazón vivía.

Mientras don Quijote pensaba y soñaba, el pobre Sancho se moría de aburrimiento. Como un alma en pena pasaba todo el tiempo, suspirando de su casa a la huerta y de la huerta a su casa, y él también hablaba solo o hablaba con su asno:

—Cavar la tierra, regar cebollas, pimientos y berenjenas... ¿Qué vida es ésta? ¿Es esta vida para quien ha sido escudero? ¿Es este el mejor modo de vivir para quien muy bien ahora podría ser gobernador? —se preguntaba en voz alta.

«No es vida, no», respondían los cascos del borrico. «No es vida, no», pensaba el animal, también entristecido porque, de haber ido las cosas de otra forma, en aquellos momentos sería asno de gobernador, y en vez de caminar de acá para allá bajo el ardiente sol, estaría tranquilamente tumbado a la fresca sombra de algún árbol.

Y no era solo aburrimiento lo que Sancho sentía: también echaba en falta a su señor don Quijote, y muy en falta, por cierto.

En el pueblo decían que el caballero era un loco de atar, y él, un tonto redomado por haberlo seguido. Sin embargo, Sancho no estaba de acuerdo. Ciertamente, en muchos apuros se había visto mezclado, y muchos golpes había recibido por su causa; pero, a veces, don Quijote hablaba con tanta sabiduría y sensatez como el más sabio y sensato de los hombres. Entonces, Sancho se maravillaba de lo que escuchaba, y tanto disfrutaba y aprendía con sus palabras que se le pasaban las horas sin sentir. Ahora, en cambio, las horas, todas las horas, le parecían demasiado largas.

Además, al buen Sancho le dio por pensar que, si él echaba en falta a don Quijote, bien pudiera ser que el caballero lo echara en falta a él, aunque no de igual modo.

«Ahora está solo, y con nadie habla, ahora nadie lo escucha; antes, yo lo escuchaba, y eso a él le gustaba, y a mí también...», pensaba Sancho, y tantas vueltas le dio en su cabeza a eso de la soledad de su señor, que un buen día, sin encomendarse a Dios ni al Diablo, se plantó en casa del caballero.

Cuando el ama abrió la puerta y lo vio delante de ella, se enfureció de tal modo que le dijo de todo menos cosas bonitas; claro que Sancho tampoco se quedó callado.

—¿Qué haces en esta casa, Sancho Panza de los diablos? Vete ahora mismo, pedazo de mostrenco —gritó el ama.

Sancho no se movió y la miró con ojos decididos.

—¡Que te vayas te digo, gañán! ¡Vete y no nos alteres a don Alonso! ¡Fuiste tú el que le llenó la cabeza de disparates! ¡Fuiste tú el que lo sacó de casa y se lo llevó engañado por esos andurriales! —siguió gritando el ama.

—¿Que yo le llené la cabeza de disparates? ¿Que yo le saqué de casa con engaños? Pero ¿qué dices, ama de Satanás? Fue él quien me sacó de mi casa con la promesa de hacerme gobernador de una isla.

—¿Gobernador de una isla? Pero ¿qué vas a gobernar tú, so palurdo, si no es un corral con cuatro cabras y tres ovejas? —se burló el ama.

—¡Don Alonso me lo prometió! —insistió Sancho fuera de sus casillas.

—Pues te lo prometiera o no te lo prometiera, a mí lo mismo me da. ¡Márchate ahora mismo, villano, saco de maldades, bolsa llena de porquerías…! —gritó una vez más el ama mientras empujaba a Sancho.

No sé, no sé yo lo que hubiera pasado si entonces, en ese preciso momento, don Quijote no hubiera gritado también:

—¡Cierra la boca, ama, y deja pasar a mi buen escudero Sancho Panza! ¡Vamos, sin perder un minuto siquiera!

Había que ver la alegría reflejada en los ojos de Sancho y el enfado asomando a los ojos del ama.

—¡Sin perder un minuto! —se burló Sancho, corriendo escaleras arriba.

—¡Mal rayo te parta! —murmuró ella tragándose la rabia.

Muchas y muy sentidas cosas se dijeron el caballero andante y su escudero cuando se encontraron. Todas eran cosas de confianza y amistad. Y después de decirlas, se pusieron de acuerdo para volver a salir al mundo a los pocos días, le pesase a quien le pesase.

Pasados esos pocos días, Sancho se despidió de su familia, pues no quería que en esta ocasión quedasen tan desasosegados como en la anterior, y tras prometerles que en cuanto fuera gobernador de alguna isla los mandaría llamar, montó en su asno y salió de casa con la alegría brincándole en el cuerpo. Sin embargo, algunos temores aún tenía, pues no había olvidado del todo los golpes recibidos en su anterior salida. Pero se dijo que más valían golpes que aburrimiento, y, sobre todo, que era posible que en aquel nuevo viaje que entonces comenzaba encontrara por fin aquella deseada aventura que lo convirtiera en un hombre rico y dichoso.

Y también advirtió don Quijote de su marcha al ama y a su sobrina. Rogaron ellas, gimieron, sollozaron... para que no saliera de casa; pero todo fue en vano, porque él, con gran determinación, les dijo las palabras que siguen, u otras muy parecidas:

—Caballero andante soy, y los caballeros andantes no han nacido para permanecer en casa mano sobre mano, comiendo sopas y huevos de gallina. Los caballeros andantes, mientras en el mundo haya injusticias, han de recorrer los caminos, por duros que sean, comiendo lo que encuentren y durmiendo en cualquier sitio, sobre el suelo o encima del caballo.

En fin, que de nuevo salieron don Quijote y Sancho de sus casas para correr aventuras y remediar injusticias. Cuando dejaron atrás el pueblo, la noche estaba ya cerrada, y las gentes, dormidas. Nadie los vio marchar, y de nuevo fueron a encontrarse en los límites de las eras.

El caballo y el asno, al verse, dejaron suelta la alegría con gozosos relinchos y rebuznos. Sus dueños, al oírlos, se dijeron que tales muestras de contento buenas señales eran, y que estaban seguros de que en aquella ocasión tendrían días felices, con provechosas aventuras, de modo que, cuando regresaran, el uno sería emperador o rey, y el otro, por lo menos gobernador.

Capítulo II

Hacia El Toboso

Como ya se ha dicho, caballo y caballero, borrico y escudero, marchaban en amor y compaña, tan tranquilos y contentos.

Hasta que, de pronto, don Quijote dijo algo que hizo que el buen Sancho se sobresaltara y se le mudara el ánimo por completo.

Palabra más, palabra menos, lo que dijo fue esto:

—Antes de seguir hacia cualquier otro lugar, tengo decidido, Sancho, que nos lleguemos a El Toboso. Allí, tú me llevarás hasta el palacio de mi señora Dulcinea, y yo, puesto de rodillas delante de ella, le pediré su bendición, pues has de saber que nada ayuda más a los caballeros andantes cuando se disponen a emprender sus peligrosas aventuras que recibir la bendición de sus damas.

Al oírlo, a Sancho se le cayó el alma a los pies, ya que, como todos sabemos, en aquella otra ocasión, cuando su señor lo envió a entregar una carta a Dulcinea, él no llegó a El Toboso, sino que se encontró al lado de una venta con el cura y el barbero, y con ellos se quedó.

Todos lo sabemos, pero don Quijote lo ignoraba, porque, cuando luego le preguntó a su escudero si había visto a su dama, este, por no verse envuelto en líos, le dijo que sí, que la había visto.

«Y ahora, ¿qué voy a hacer yo?», se decía a sí mismo Sancho, todo asustado y tembloroso. «¿Hacia dónde lo llevo cuando lleguemos a El Toboso? ¿A qué dama le presento si ni siquiera sé quién es la que él busca ni dónde vive? Lo único que sé es que la tal señora es la hija de un labrador, y que no se llama Dulcinea, sino Aldonza... ¡Ay, ay!, que me parece que me encuentro en el peor de los apuros...».

—¿Has oído lo que te he dicho, Sancho amigo, sobre eso de dirigirnos a El Toboso? —insistió don Quijote.

—Sí, lo he oído, sí; pero mirad, señor, que no me parece buena idea, porque se me figura a mí que no ha de estar en casa. Y si lo está, se hallará muy ocupada dando de comer a los cerdos o las gallinas —dijo Sancho con palabras cortadas e inseguras.

—¡Qué disparates dices, Sancho! —se escandalizó don Quijote.

Entonces, el desdichado Sancho se puso a contar mil cosas a la vez y todas sin sentido. Su intención era distraerlo para que así olvidara aquel loco empeño de llegar a El Toboso; sin embargo, de nada le sirvió, porque hacia allá marcharon, después de haber cabalgado durante todo un día. Entrando en el dicho pueblo, a don Quijote el corazón se le puso a latir como si fuera campana en día de fiesta, y a Sancho le latía como campana en día de entierro.

—Vamos pronto, Sancho amigo, condúceme lo más deprisa que puedas al palacio en el que mi señora vive, que me muero por verla —decía don Quijote.

—¿Hacia su palacio? —balbució Sancho.

—Hacia su palacio digo —confirmó don Quijote.

—Pero ¿no veis, señor, la hora que es? La luna está en la mitad del cielo y en el pueblo no se ve un alma. Ya todo el mundo duerme... ¿Qué queréis que hagamos cuando al palacio lleguemos, golpear las puertas y llamar a gritos a la señora Dulcinea como si estuviéramos locos? ¿Os parece que nos recibiría ella de buen grado? ¿Son estas las maneras de los caballeros...? ¿Y si sus criados nos echaran los perros? ¿Y si nos arrojaran agua desde las balconadas...? ¿No sería mejor que saliéramos ahora del pueblo y que mañana regresara yo solo, y que presentándome ante vuestra señora, con humildad y respeto, le dijera que ardéis en deseos de verla y solicitara su permiso para que pudierais visitarla? —preguntó Sancho con palabras tan bien dichas y correctas como si hubiera estudiado en Salamanca.

Don Quijote permaneció en silencio durante unos segundos. Muy pocos fueron, pero a Sancho Panza le parecieron siglos, hasta que al fin el caballero dijo:

—Bien has hablado, Sancho, y con muchísima prudencia. Sabio es el consejo que me has dado, y yo lo recibo con agradecimiento.

Ni un segundo siquiera tardó Sancho en dar la vuelta y espolear al asno, con tales prisas y tales fuerzas que el borrico comenzó a galopar como si fuera una verdadera flecha.

En un bosque cercano pasaron lo que quedaba de noche, y cuando salió el sol, Sancho de nuevo se puso en marcha hacia El Toboso; pero no llegó al pueblo, sino que, en cuanto el bosque se perdió de vista, desmontó del asno, se tumbó debajo de un árbol y se puso a pensar en el modo de salir, de la mejor manera posible, de aquel tremendo aprieto en el que se hallaba.

No se le ocurría cómo hacerlo; pero de pronto vio que por el camino se aproximaban tres labradoras, montada cada una en su borrico. Ninguna de ellas era hermosa, más bien al contrario; tampoco delicada, ni siquiera muy limpia; pero a pesar de eso, a Sancho se le encendió una idea en la mente:

«Después de todo, mi señor don Quijote no conoce a su señora Dulcinea, y si confunde gigantes con molinos y ejércitos con rebaños, también pudiera ser que confundiera a alguna de estas labradoras con una bella y delicada dama... En fin, veamos lo que puede hacerse; por intentarlo no se pierde nada».

Esto fue lo que pensó el apurado Sancho, y pensándolo, se levantó de un salto, montó otra vez en el asno y lo hizo correr hasta donde su caballero había quedado.

Lo encontró suspirando de amor y de impaciencia; preguntándose estaba si aquel sol de hermosura, aquella princesa de las damas que era su Dulcinea, querría recibirlo.

—¿Qué noticias me traes, Sancho? ¿Son buenas o son malas? —le preguntó ansioso en cuanto lo vio llegar.

—Tan buenas son, señor, que si salís del bosque, veréis que vuestra señora Dulcinea viene a buscaros con dos de sus doncellas.

—¿Qué dices, Sancho...? No me engañes, ¡por Dios!, no me engañes aunque sea para darme una alegría.

—No os engaño, señor, mirad y las veréis; ya llegan, montadas en tres caballos blancos, vestidas con preciosos vestidos y adornadas con riquísimas joyas.

Salió don Quijote del bosque temblando de emoción. Caminaba con los pasos tan débiles como si sus piernas fueran de paja, y su corazón parecía un pájaro enjaulado que quisiera escapar. Alargó la encendida mirada cuanto le fue posible, pero no consiguió ver a ninguna hermosa dama acompañada de dos hermosas doncellas.

—Yo no veo, Sancho, sino a tres labradoras montadas en tres burros grises —le dijo a su escudero.

—¡Dios me libre! —exclamó Sancho llevándose las manos a la cabeza—. ¿Cómo podéis confundir tres caballos blancos como la nieve con tres borricos grises? ¿Y a tres hermosas y enjoyadas damas con tres sencillas labradoras...? Abrid bien los ojos, que me parece que os ciega el sol o estáis dormido... ¡Espabilad, daos prisa! ¡Vamos, señor, salid a recibir a la dama de vuestros pensamientos!

Después de decir todas estas cosas, Sancho bajó a toda prisa de su asno, se echó de rodillas delante del burro de una de las labradoras y exclamó algo parecido a esto:

—Reina y princesa de todas las mujeres hermosas, dignaos recibir al famoso caballero andante don Quijote de la Mancha, pues os ama de tal modo que ni de día ni de noche deja de pensar en vos y en vuestra incomparable belleza.

Las labradoras, que no podían creer lo que veían y oían, miraban mudas de asombro a aquellos dos extraños personajes, y no hacían ni decían nada, pues de repente parecían ser tres estatuas de piedra.

En cuanto a don Quijote, que también se había puesto de rodillas, contemplaba, con los ojos fuera de las órbitas, a aquella a quien Sancho llamaba reina de la hermosura y que a él le parecía ser aldeana, y muy fea, por cierto.

Por fin, una de las labradoras consiguió recuperar el habla:

—Quitaos de en medio, que llevamos prisa, y ni entendemos ni nos interesa nada de lo que decís —le dijo a Sancho.

—¡Ooooh! Hermosa señora de El Toboso, ¿cómo es que vuestro corazón no se derrite de amor viendo arrodillado ante vos al más noble de los caballeros andantes? —exclamó Sancho con los ojos en blanco y las manos unidas como si estuviera rezando.

—¡Por las barbas de mi suegro, con lo que sale este! —gritó la labradora con no muy buenos modos.

—Levántate, Sancho, ¿es que no lo entiendes? Ha sido ese malvado mago que tanto odio me tiene, el que convirtió a los gigantes en molinos... Él ha sido, no lo dudes, amigo, él y solo él ha encantado a mi señora Dulcinea y ha mudado su belleza en fealdad, para que yo no pueda gozar contemplándola.

—¡Toma, mi abuela...! —gritó la labradora entre enfadada y perpleja. Luego le dio con la vara al pobre borrico, y el animal comenzó a correr como alma que lleva el diablo.

Enseguida la imitaron sus compañeras, y los burros no cesaron en sus carreras por lo menos hasta que perdieron de vista a don Quijote y Sancho.

—¡Ay...! Qué desdicha la mía, qué enorme desgracia me aflige... Cuando al fin encuentro a mi dama, un mal mago la convierte en fea y despeinada labradora... ¡Qué desgraciado soy, Sancho amigo, el más desgraciado de todos los hombres de este mundo...! —se lamentaba don Quijote.

—¡Oooh, canalla! ¡Oooh, miserable y ruin mago! ¡Encantador malvado! ¡Ojalá te viera algún día como sardina ensartada por las agallas! —gritaba y gemía Sancho alzando los brazos hacia el cielo como si él también se sintiera indignado y entristecido.

Esto decía Sancho por fuera; pero por dentro pensaba que era una suerte que su señor creyera con tanta firmeza en magos y encantadores. Firmemente pensaba que aquella fea y desgreñada labradora era su amada Dulcinea, y que su fealdad se debía a un cruel encantamiento.

«En fin, será cosa de seguirle la corriente, pues, de momento, me he librado del apuro en el que me había metido», se dijo Sancho a sí mismo.

Capítulo III

Desafío al Rey de la Selva

Desde El Toboso se pusieron nuevamente en camino. Tenían la intención de llegar, al menos, hasta Zaragoza, donde cada año se celebraban unas grandísimas y muy solemnes fiestas.

Pero el caballero llevaba el corazón triste, y en su confusa mente no había lugar más que para un solo pensamiento: su pobre y encantada señora Dulcinea.

Así que apenas hablaba y sus ojos no se entretenían ni alegraban con la vista de pájaros, árboles ni flores...

—Señor, salga de sí mismo y vuelva a vuestro corazón la perdida alegría —le dijo Sancho a don Quijote lleno de tristeza.

—No puedo, amigo Sancho, pues bien sé que solo yo tengo la culpa de la desgracia de mi señora: nació hermosa y ahora se ve fea; siempre fue delicada, y en este momento parece la más ordinaria de las mujeres. ¿Y todo por qué? Por la mucha envidia que los perversos encantadores me tienen.

—Así es la vida, señor, a veces pagan justos por pecadores... De todas formas, a mí me pareció hermosa.

—¿De verdad tú la viste hermosa? —se asombró don Quijote.

—¡De verdad! —afirmó Sancho.

—Pues entonces, por lo que parece, ese malvado mago la ha vuelto fea y zafia solamente para mí; pero una cosa es segura: encantada está, Sancho, ya que si no lo estuviera, yo podría contemplar sus ojos de esmeralda y sus dientes de perlas, porque sus ojos son como las esmeraldas, y sus dientes son como las perlas. ¿No es cierto, Sancho amigo?

—Cierto es, señor.

—¡Ay...! Y que yo no pueda contemplar tanta hermosura, que yo no pueda ver esos preciosos ojos y esos bellísimos dientes... —gimió don Quijote con tanto pesar que a Sancho se le conmovió el alma; pero de ninguna forma podía confesar su engaño.

Como puede apreciarse, el caballero andante, que hacia Zaragoza marchaba, lo hacía sin ilusión ni ánimos, y ya no soñaba con ganar gloria ni fama, ni tampoco hacía mucho por verse envuelto en algún tipo de aventura. En fin, que este don Quijote no parecía el mismo que en otro tiempo luchó con ejércitos y gigantes.

Por ello, su escudero Sancho Panza, que estaba ansioso de obtener el gobierno de una isla o, al menos, de conseguir algunas monedas de oro, se sentía descontento y disgustado.

De todas formas, aunque don Quijote no fuera a la búsqueda de aventuras, las aventuras le salieron al encuentro, y como, al fin y al cabo, era caballero andante, y de los más valientes, acabó metiéndose de lleno en ellas, aunque sin dejar de pensar en su pobre y encantada dama.

Así, camino de Zaragoza, peleó con muy extrañas gentes, y, como en anteriores ocasiones, no retrocedió ante el peligro, por grande que este fuera, ni consintió ningún tipo de abuso o de injusticia.

Muchas fueron las dichas aventuras, demasiadas para contarlas todas. No tenemos ahora el tiempo necesario ni tampoco el espacio, pero detengámonos un momento para narrar, al menos, una de las más chocantes y peligrosas: esa en la que nuestro caballero llegó a desafiar nada menos que al poderoso y fiero Rey de la Selva; del Rey León estoy hablando.

La cosa sucedió más o menos así: por el camino iban don Quijote y Sancho, cada cual metido en sus pensamientos. No sabemos cuáles serían los del escudero, los del caballero sí, pues ya se ha dicho que en su mente no había más que una sola imagen y una sola idea. El caso fue que, de pronto, vieron acercarse una carreta de la que tiraban varias mulas y adornada con muchas banderas. Sobre la dicha carreta había dos enormes y cerradas cajas.

Don Quijote se plantó ante ella, y esto fue lo que preguntó al hombre que la conducía:

—¿De quién es este carro? ¿Qué es lo que lleváis en él? Y ¿de quién son estas banderas?

—El carro es mío. En él llevo, enjaulados, dos fieros leones que vienen de África. Son un regalo que, a nuestro Rey, hace un poderoso señor de aquellas tierras. En cuanto a las banderas, también pertenecen al Rey.

—Y ¿son grandes esos dos leones?

—Tan grandes como montañas. Yo, que soy leonero, nunca los he visto tan grandes. Son hembra y macho, y hoy no han comido todavía. Así que apartaos y dejadnos seguir, porque están hambrientos.

—¿Pretendéis asustarme? —preguntó don Quijote dando un paso adelante. Y enseguida añadió—: Pues habéis de saber que a mí nada me asusta, ¡tampoco vuestros leones hambrientos! Y para demostrarlo, ya que sois leonero, bajad del carro y abrid esas dos jaulas.

—Señor, señor, ¿pero qué estáis diciendo? Sigamos el camino, que también se nos hace tarde —dijo Sancho muy asustado.

—Quita de ahí, Sancho, y no te alteres, que estos no son otra cosa que leones encantados.

—Que no, señor, que son de carne y hueso, que he visto yo sus enormes garras por las rendijas de la jaula.

—De nuevo el miedo se ha apoderado de ti; pero yo a nada temo. Apártate si quieres, pues me dispongo a luchar con estos fieros animales.

¿Apartarse...? Sancho Panza hizo mucho más que eso...

—Corre todo lo que puedas, asno mío —le dijo a su borrico, y el asno corrió como una liebre.

Don Quijote descendió entonces del caballo y avanzó hacia la jaula. Una vez más, el pobre Rocinante sintió que sus tristes patas se volvían como de paja, y que su viejo corazón se derretía igual que la manteca, pero no huyó, pues caballo de caballero andante seguía siendo. Lo único que hizo fue retirarse unos pasos, aunque muy pocos fueron.

Don Quijote, con la espada en una mano y el escudo en la otra, decía al leonero, con voces muy alzadas, que abriera de una vez las dos malditas jaulas.

Tanto gritaba, y con tanta furia, que el leonero pensó que, si no las abría, aquel loco de atar acabaría atacándolo a él.

De todas formas dijo:

—¿Lo habéis pensado bien…? Mirad que son leones, y bien fieros, por cierto.

—¿Leones, estáis seguro? Así que leones… ¿Leoncitos a mí? ¿A mí con leoncitos? —exclamó don Quijote con irónica sonrisa, y enseguida ordenó con severas palabras—: ¡Abrid la jaula! ¡Abrid la jaula, os digo!

Al fin el leonero abrió una de las dos jaulas, y muy claro se vio que el enorme león que dentro de ella estaba no era cosa de encantamiento.

Temblaba el leonero, a pesar de estar subido encima de la jaula. Sin embargo, don Quijote no movió un músculo.

Frente a frente quedaron el Rey de la Selva y el Rey de los Caballeros Andantes.

El hombre miró a la fiera sin un solo parpadeo, dispuesto ya para la pelea. La fiera miró al hombre largamente. Y entonces el aire se detuvo, los pájaros cesaron en sus cantos y el pobre Rocinante casi dejó de respirar.

Mientras tanto, allá a lo lejos, Sancho y el asno, escondidos y abrazados, esperaban llenos de espanto el final de la tragedia…

—¡Ay, ay, que esta vez mi desdichado señor no ha de salir con bien de la aventura! Dios nos ayude, porque si no lo hace, su vida acaba en este día —gemía Sancho a la oreja del burro, y el buen borrico no sabía cómo darle consuelo.

Lo primero que hizo el león, después de mirar a don Quijote, fue estirar las garras, bostezar de puro aburrimiento y lavarse la cara y las manos con la lengua. Luego, sacó la enorme cabezota de dorada melena y observó lo que había allá fuera.

Don Quijote lo esperaba impaciente, deseando que saltara del carro para así demostrar su valor; pero el Rey de la Selva, después de mirarlo de nuevo, se dio la vuelta, tranquila y lentamente, y volvió a tumbarse dentro de la jaula.

Asombrado se quedó el leonero, irritado don Quijote y aliviado Rocinante.

A lo lejos, Sancho y el asno seguían esperando… ¿un rugido terrible?, ¿un grito de espanto y de agonía…? Pues sí, exactamente eso. Pero lo que oyeron fue la voz de don Quijote que los llamaba.

—¡Que me maten si mi señor no ha vencido al león! —exclamó Sancho maravillado y lleno de gozo, conven-

cido de que no había en el mundo otro caballero andante que se le pareciera. Y aún mucho más se maravilló cuando el leonero le dijo que ni siquiera hubo lucha, pues viendo el león la valentía del caballero andante, no se atrevió a salir de la jaula.

—Lo que sucede, Sancho, es que mi enemigo, el perverso mago, encantó a ese león para asustarme y vencerme; pero, ya te lo dije, no hay encantamientos que valgan contra la verdadera valentía —dijo don Quijote, y, tras montar en su caballo, prosiguieron el camino nuevamente.

Satisfecho marchaba don Quijote, y muy contentos marchaban Sancho y el asno; pero el más contento, además de aliviado, era Rocinante, pues tenía oído que la carne de caballo era la preferida de los leones.

Capítulo IV

Un gran recibimiento

Durante muchos días más continuaron la marcha, deteniéndose aquí y allí, hablando con unos y con otros. A algunas gentes conocieron y algunas cosas les pasaron; pero nada fue demasiado importante, y en ninguna parte consiguieron mucha ni poca gloria.

A don Quijote no parecía preocuparle; él andaba tristeando, pues no podía apartar de su mente sus desgraciados amores. Pero a Sancho el humor se le agriaba por momentos. La causa era que muy pocas esperanzas le quedaban ya de llegar a ser gobernador de alguna isla, incluso dudaba de que en el mundo las hubiera, pues hasta entonces no se habían topado con ninguna.

Sin embargo, cuando menos lo esperaban, la suerte pareció sonreírles. Sucedió muy lejos de La Mancha, en cierto lugar próximo al Ebro, un río de los más anchos y caudalosos. Precisamente allí fueron a darse de manos a boca con cierto duque y cierta duquesa, su esposa, que andaban de cacería.

Eran gente rica y desocupada, que habían oído hablar de las extrañas cosas que de don Quijote y Sancho se contaban, porque hay que decir que, por raro que parezca, la fama de sus fingidas y disparatadas aventuras corría de boca en boca por muchos lugares de España. Los duques también eran unas de esas personas necias que piensan que, por ser poderosas, tienen siempre derecho a burlarse de quien les apetezca. Por eso invitaron a don Quijote y a Sancho a pasar en su castillo el tiempo que se les antojara. Divertirse querían a costa de los dos, únicamente eso.

Se alegró mucho el caballero por el gran honor que con tal invitación recibía, y se alegró aún más Sancho pensando en llenar la barriga con ricos manjares y en dormir en blanda y buena cama. En cuanto al asno y al caballo, enseguida se pusieron a soñar con paja y agua fresca; lo único que no les gustó fue que los caballos de aquellos tales duques parecían animales orgullosos y mal educados.

En fin, que hacia el castillo se dirigieron, y todos contentos. Pero el Duque se adelantó a los demás con la intención de advertir a sus muchos servidores para que fingieran creer que don Quijote y Sancho eran un caballero andante y su escudero. Les dijo que, si lo hacían bien, se divertirían como nunca lo habían hecho.

Así, cuando los dos llegaron al patio del castillo en compañía de la Duquesa, se vieron rodeados por un gran número de criados que se inclinaban ante ellos gritando:

—¡Bienvenida sea la flor y nata de los caballeros andantes!

A don Quijote no le cabía el corazón en el pecho viendo tan grande y buen recibimiento. Por unos momentos olvidó sus penas amorosas, levantó la cabeza y se sintió el más feliz y orgulloso de los caballeros.

En cuanto a Sancho, estaba tan contento que su gruesa figura ensanchó unos centímetros de pura satisfacción, y a punto estuvo de hacer estallar su ya muy estirado pellejo.

Después de los aplausos, don Quijote fue conducido por algunas hermosas doncellas a una lujosa habitación para que se aseara y cambiara sus ropas de caballero andante por otras más cómodas y ricas, pues el Duque y la Duquesa deseaban que aquella noche cenara en su compañía.

Durante la cena hablaron de muchas y variadas cosas, entre ellas de la afamada señora doña Dulcinea.

—¿También sabéis de ella? —se extrañó don Quijote.

—De todo lo vuestro sabemos, porque vuestra vida y vuestras cosas a mucha gente interesan —dijo la Duquesa.

—Dicen que la señora doña Dulcinea es una de las más hermosas damas de la tierra —añadió el Duque.

Al oírlo, a don Quijote se le nubló la mirada y dijo:

—Habéis de saber que, yendo yo a recibir su bendición y besarle las manos, la hallé encantada y convertida de princesa en labradora, de hermosa en fea, de delicada y dulce en áspera y descarada.

—¡Válgame Dios! —exclamó el Duque echándose las manos a la cabeza—. ¿Quién ha sido el que tanto mal le ha hecho? ¿Quién le ha quitado esa belleza que tanto os alegraba? ¿Quién la dulzura y delicadeza que tanto os consolaban?

—¿Quién ha de ser sino algún encantador de los muchos que me persiguen, esos que procuran herirme y dañarme donde más me duele? Porque quitarle su dama a un caballero andante es como quitarle los ojos con los que mira y el sol con el que se alumbra...

Pero no se habló en la cena únicamente de la desdichada Dulcinea, sino también de otras muchas cosas. Hubo una entre todas que ha de tenerse muy en cuenta, ya que, al menos durante algún tiempo, cambió por completo la vida de Sancho Panza. Sucedió que cierto invitado se volvió al escudero y le preguntó:

—¿Sois vos ese Sancho Panza a quien, según dicen, su señor le tiene prometido el gobierno de una isla?

—Sí, yo soy, y creo merecer ese gobierno, pues con mi señor he ido a todas partes, y sus apuros y pesares he compartido, de modo que, si él consigue un reino o un imperio, justo es que yo consiga el gobierno de una isla. Pero ya voy perdiendo las esperanzas de que él sea alguna vez emperador o rey, y yo, gobernador.

—¡No! ¡Por mis barbas, Sancho! No habéis de perder esas tales esperanzas; muy al contrario, pues en este momento, y en nombre de vuestro señor don Quijote, yo os encargo el gobierno de una isla, llamada Barataria, que es de mi propiedad —dijo el Duque con palabras muy altas y solemnes, aunque por dentro se moría de risa, pues acababa de ocurrírsele la forma de gastarle al pobre Sancho una broma que a él le pareció de lo más ingeniosa.

—¡Híncate de rodillas, Sancho, y besa los pies de Su Excelencia! —dijo don Quijote temblando de emoción.

Se echó al suelo Sancho, sorprendido y entusiasmado, y besó y rebesó los pies del Duque y luego las manos de la

JBA

Duquesa, tantas veces, y con tanta alegría y entusiasmo, que ella, riendo, le dijo que lo dejara, porque, de seguir, habría de desgastarle los dedos.

En fin, cuando se retiraron de la mesa y fueron a descansar, don Quijote y Sancho se sentían en el séptimo cielo, y en ningún momento se les ocurrió pensar que la promesa del Duque no fuera verdadera, pues ambos lo consideraban el mejor y más generoso de los hombres que hasta entonces habían conocido.

En cuanto al Duque y la Duquesa, cuyas ganas de divertirse aún no habían quedado satisfechas, sino más bien habían aumentado, se dirigieron a sus habitaciones, y después de dejar la risa suelta durante un buen rato, imaginando a Sancho Panza convertido en gobernador, decidieron pensar en alguna otra burla o broma que también fuera sonada e ingeniosa y que tuviera que ver con el encantamiento de Dulcinea.

Aquella misma noche la idearon; pero tardaron varios días en prepararla, y con la ayuda de los criados, ya que todos, o casi todos, estaban en el ajo.

De modo que en el castillo, todos, o casi todos, reían por dentro, haciendo muchos y grandes esfuerzos para que ni don Quijote ni Sancho sospecharan nada de cuanto estaban tramando.

Debieron de hacerlo bien, muy buenos actores eran, pues ni el caballero andante ni el señor Gobernador, como ya llamaban al buen Sancho, se dieron cuenta de aquella clase de juego o de comedia que a sus espaldas se estaba organizando con tanto empeño.

Y así, entre risas silenciosas, llegó el gran día señalado para el comienzo de la sonada broma. El Duque, la Duquesa, don Quijote y Sancho se dispusieron a salir de caza, acompañados de otros muchos cazadores y criados del castillo.

Montaban el Duque y la Duquesa en preciosos caballos, montaba a Rocinante don Quijote, y Sancho montaba sobre su asno, que no lo quiso dejar por nada del mundo, aunque le presentaron un caballo casi tan hermoso como los de los duques.

—Siempre he montado sobre un burro, y sobre un burro montaré hasta el día que me muera. Además, a este asno mío lo quiero como a un hijo, y no voy a cambiarlo por caballo alguno, por más gobernador que ahora sea —dijo Sancho.

Hacia unas altísimas montañas se dirigieron todos, y, como eran tantos, había un enorme alboroto, de modo que ni entenderse podían; a eso había que añadir los ladridos de los perros, los relinchos de los caballos y el sonido de las trompas. Sancho se tapó los oídos y don Quijote llegó a pensar que la cabeza iba a estallarle.

Durante casi todo el día estuvieron de caza, en el interior de un muy espeso bosque que estaba entre las altas montañas.

Cazaron algunas piezas, no demasiadas. La mayor de ellas fue un tremendo y colmilludo jabalí; pero eso carece de importancia, pues lo que de verdad nos interesa es contar lo que sucedió cuando el sol se fue apagando y en el bosque comenzó a anochecer.

Fue entonces cuando los duques llevaron a cabo la broma o burla que con tanto empeño habían preparado. Fue entonces cuando dio comienzo la comedia que entre muchos representaron, con la única intención de divertirse a costa del caballero andante y de su escudero, es decir, del señor Gobernador.

Capítulo V

La gran broma

Como hemos dicho antes, la noche se acercaba envuelta en sombras, y, de pronto, pareció que el cielo se encendía y el bosque comenzaba a arder por los cuatro costados.

Enseguida se empezó a oír un estruendo terrible: trompetas, tambores, y el ruido de cientos y más cientos de cascos de caballos.

Callaron los cazadores como si estuvieran aterrorizados, y se miraron los unos a los otros con el miedo reflejado en los ojos, o al menos eso creyeron los asustados y asombradísimos don Quijote y Sancho, sobre todo Sancho, a quien no le llegaba la camisa al cuerpo. Pero aún lo más extraño y terrible estaba por llegar.

En primer lugar vieron aparecer, a galope tendido, a alguien que vestía de demonio y tocaba un larguísimo cuerno de guerra.

—¿Quién sois, adónde vais y quién es esa gente que se acerca? —preguntó el Duque con fingida voz de espanto.

—Yo soy el diablo. Voy a buscar a don Quijote de la Mancha, y la gente que viene detrás de mí es un ejército de encantadores que traen a la hermosísima señora doña Dulcinea del Toboso. Encantada llega, y el mago que la acompaña tiene la intención de decir al tal don Quijote lo que se ha de hacer para desencantar a la dama de sus pensamientos —explicó el demonio, y enseguida se alejó sin esperar ninguna otra pregunta.

Todos los que lo oyeron parecían estar mudos de asombro.

En cuanto a don Quijote y Sancho, lo que parecían eran dos estatuas de cera. Don Quijote, a causa de la hondísima emoción que sentía, y Sancho, por el pasmo que se apoderó de él: «¿Encantada Dulcinea?», se preguntaba perplejo. Y ¿cómo sería posible que lo que él inventó en un momento de apuro se hubiera convertido en algo cierto...? «¿Encantada Dulcinea?», seguía preguntándose mientras, con los ojos como los de los búhos y la boca abierta de par en par, contemplaba el lugar por el que el extraño diablo había desaparecido.

El asombro era tan grande y tan claro que el Duque y la Duquesa, y los demás que estaban en el secreto, tenían que hacer enormes esfuerzos para no reír a carcajadas. Y ninguno entendía cómo don Quijote y Sancho no se daban cuenta de que todo aquello era fingido.

Por fin Sancho se volvió a su señor y, con voz asustada y temblorosa, preguntó:

—¿Piensa vuestra merced esperar a ese ejército de encantadores?

—Aquí los esperaré sin moverme, aunque me venga a embestir todo el infierno —respondió don Quijote sin dudar un momento.

—Pues si yo veo otro diablo, comenzaré a correr y no volveréis a verme hasta el día del Juicio —aseguró el espantado Sancho.

Y entonces vieron y oyeron una enorme carreta tirada por bueyes.

Muy largo sería de explicar de qué modo estaba adornada y cuántas eran las luces y las armas de las muchísimas gentes que junto a la dicha carreta marchaban. Baste decir que en ella estaba sentado un viejo mago vestido de negro y con muy largas y blancas barbas, acompañado de dos diablos. Detrás de la primera carreta llegaron una segunda y una tercera, en las cuales viajaban otros magos y otros diablos, y muchas otras y ruidosas gentes. En fin, que con todo aquello parecía que el cielo iba a desprenderse sobre la tierra.

El pobre Sancho temblaba como una hoja en otoño; en cambio, don Quijote estaba dispuesto a todo con tal de desencantar a su dama; pero hay que entender que él era caballero andante y, además, estaba enamorado.

Pues bien, después de que pasaran los tres carros, cesaron los ruidos de ruedas, trompetas y tambores, y comenzó a sonar una dulcísima música. Fue entonces cuando apareció aquel otro carro, aún más hermosamente adornado y del que tiraban seis ágiles mulillas.

En el dicho carro, sentada sobre un trono, se divisaba a una joven con el rostro oculto por un sedoso velo. A su lado había una alta y delgada figura que también estaba cubierta, pero con un velo mucho más oscuro y espeso.

Los ojos de don Quijote se posaron en la joven con tanto amor y tanta ansiedad que, durante unos segundos, hasta el Duque y la Duquesa se sintieron emocionados.

Y de pronto, la otra figura se arrancó el velo y mostró un rostro descarnado y horrible.

Al valiente don Quijote se le sobresaltó el espíritu, y Sancho sintió tal clase de terror que a punto estuvo de desmayarse.

Aquel terrible y oscuro ser comenzó a hablar. Fue un largo discurso, pero el espantado Sancho únicamente podía oír los latidos de su alocado corazón, hasta que, de repente, creyó escuchar algo que hizo que su corazón dejara de saltar para quedarse tan quieto como el de un muerto.

Este, más o menos, fue el final de aquel largo discurso:

—A ti, valiente don Quijote, esplendor de La Mancha, estrella de España, he de decirte que, para que la señora Dulcinea del Toboso, aquí presente, deje su encantamiento y recobre su verdadero ser y aspecto, es menester que Sancho, tu escudero, se dé tres mil y trescientos azotes en sus dos redondas y carnosas posaderas.

—¡Por mis barbas! —gritó Sancho, sorprendido e indignado—. ¡Por mis barbas! No sé yo qué tiene que ver mi trasero con esto de los encantamientos… ¡Tres mil y trescientos azotes…! Ni tres me daré, aunque Dulcinea del Toboso quede encantada hasta el día de su muerte.

—¡Villano! ¡Miserable! ¡Harto de ajos…! —gritó dolido y furioso don Quijote—. Yo te tomaré por la fuerza y te daré no tres mil azotes, sino seis mil.

—No puede ser así, pues esos azotes se los ha de dar Sancho por su voluntad —dijo el extraño ser que antes había hablado.

—¡Ni por voluntad ni por fuerza! —aseguró Sancho, con tal firmeza que la furia de don Quijote se convirtió en tristeza, y primero le invadió el pecho y luego se le asomó a los ojos.

Viendo tal clase de dolor, la Duquesa le pidió a Sancho que tuviera compasión, y lo mismo hizo el Duque. Hasta que Sancho consintió en hacer lo que todos le pedían, y, más o menos, dijo lo que sigue:

—En fin, me daré esos tres mil y trescientos azotes, pero con la condición de que ha de ser poco a poco, cuando yo quiera y sin hacerme sangre.

—Bien, que sea como decís —consintió la extraña figura, y luego añadió—: Cuando vos, Sancho, os deis esos azotes, la señora Dulcinea quedará desencantada y volverá a su anterior hermosura.

—¡Ea!, pues sea lo que Dios quiera... —exclamó Sancho.

Justo en ese momento volvió a sonar la música y el carro se puso de nuevo en movimiento y comenzó a alejarse.

Don Quijote se colgó del cuello de Sancho y lo llenó de besos. Mientras tanto, el Duque, la Duquesa y todos los demás se morían de risa, aunque siempre por dentro.

De vuelta en el castillo, las bromas continuaron, pues, por lo que parecía, los duques no se habían cansado de divertirse.

Ni don Quijote ni Sancho se daban cuenta de las burlas que les hacían, lo que a todos regocijaba y asombraba.

Asombroso parecía, por cierto; pero hay que pensar que el señor y el criado, además de que uno estaba algo loco y el otro era bastante simple, no tenían malicia y sí buen corazón, de modo que a ninguno se le ocurría pensar que el Duque, la Duquesa, sus amigos y sus criados fueran a divertirse a costa de sus huéspedes, pues si a todo el mundo se le debe respeto, a quien se acoge en casa se le debe mucho más; pero, por lo que parece, el Duque, la Duquesa, sus amigos y sus criados no tuvieron esto demasiado en cuenta.

En fin... el caso es que las bromas siguieron, y la reina de todas ellas fue la que tuvo que ver con Sancho y con el gobierno de la isla. Pues al fin llegó el día en el que Sancho Panza, acompañado por un hombre de confianza del Duque, se puso en marcha.

Con mucho sentimiento, se despidió de los duques besándoles las manos. Luego se echó a los pies de don Quijote y, llorando como una Magdalena, le pidió la bendición; el caballero se la dio con los ojos arrasados en lágrimas y le recordó los consejos que poco antes le había dado; sabios consejos eran, y Sancho los llevaba grabados a fuego en lo hondo de su corazón.

Acompañaba al nuevo gobernador, en su viaje a la isla, una gran comitiva de pajes y criados. En esta ocasión, Sancho sí tuvo que montar a caballo; pero no abandonó a su asno, muy al contrario, lo llevaba tras de él y, de cuando en cuando, volvía la cabeza para no perderlo de vista.

Después de algún tiempo de marcha, no demasiado, llegaron a la isla llamada Barataria, que, por cierto, estaba muy lejos del mar, ya que no era isla, sino pueblo. Al entrar en la dicha isla, o en el dicho pueblo, salieron a recibirlo todos los vecinos. Hay que advertir que todos estaban al corriente de la broma, y, por lo visto, lo mismo que los duques, muchos pensaban divertirse a costa del buen Sancho Panza. «¡Vivas!» y «¡revivas!», gritaban con aplausos y reverencias. Además, tocaron todas las campanas, lo que agradó y tranquilizó a Sancho, que andaba preocupado, pues no estaba seguro de si serviría o no serviría para ser gobernador, y si sería o no sería bien recibido por los isleños a los que debería gobernar.

Sonreía Sancho Panza de oreja a oreja, correspondiendo así a los saludos de las gentes, pues no sabía cómo hacerlo de otro modo.

Después de tan amable y entusiasta recibimiento, fue conducido a la Iglesia Mayor, donde, tras dar gracias a Dios como era costumbre en cualquier acontecimiento, le fueron entregadas las llaves del pueblo y la vara de gobernador, todo con tantas inclinaciones y tan exageradas ceremonias que, de ser otro, hubiera comprendido que aquello no podía ser respeto, sino burla; pero Sancho era Sancho, y una vez más no cayó en la cuenta.

Había que verlo tan redondo y pequeño, con las barbas mal afeitadas, vestido con las largas ropas de los gobernadores y la vara de la Justicia en la mano...

En aquellos momentos, ese hombre, ridículo por fuera, del que muchos reían, se prometía a sí mismo, y con la mayor firmeza, que había de esforzarse, en lo que fuera posible, para gobernar con justicia y prudencia.

Uno a uno los consejos de su señor don Quijote acudían a su mente, y en su señor pensaba, y en lo muy satisfecho que se sentiría si pudiera verlo entonces, aclamado y querido por todos. Y también pensaba en Teresa Panza y en sus dos hijos, Sanchico y Sanchica, y en cuando él los mandara llamar y ellos llegaran a la isla y se convirtieran en mujer e hijos de gobernador.

—¡Viva el mejor gobernador de todas las islas del mundo! —gritaban, entre disimuladas risas, los del pueblo, y Sancho los contemplaba y seguía sonriendo con la sonrisa ancha y los ojos inundados de emoción.

Capítulo VI

El gobierno de la isla Barataria

Aquel mismo día comenzó el buen Sancho a gobernar; pues apenas cesaron los vivas y los aplausos, vinieron a decirle que había algunos casos que juzgar.

—Mire vuestra merced, señor Sancho Panza, y juzgue lo mejor posible, pues esta es la mejor manera de demostrar si vale o no vale para gobernador —le dijo el hombre de confianza del Duque, que le había acompañado desde el castillo.

Se encomendó Sancho a todos los santos y hacia la Sala de Justicia se encaminó, acompañado de una ruidosa muchedumbre que quería ver de qué modo juzgaba.

Ante aquel pueblo, tan ansioso de risas, quedó Sancho Panza solo, sentado en la alta silla de los jueces, con sus cortas piernas colgando en el aire y sus gordezuelas manos sosteniendo, con firmeza, la vara de la Justicia.

Tres casos muy difíciles tuvo que juzgar aquella mañana, los tres falsos, y los tres ideados con la única intención de hacer reír. Pero los tres resolvió con prudencia, con tanta prudencia que los que lo rodeaban se miraron los unos a los otros, admirados, pues donde pensaron encontrar necedad hallaron sabiduría.

Desde la Sala de Justicia fue conducido Sancho Panza a un magnífico palacio, en el que había preparada una enorme mesa ante la cual le hicieron sentarse. A su lado quedó, de pie, un curioso personaje que tenía una varilla en la mano.

Inmediatamente presentaron al gobernador una gran variedad de manjares, ante los cuales se le alegraron los ojos, le cantó el estómago y la boca se le hizo agua.

Un criado le acercó una bandeja de frutas; pero apenas había tomado una cuando el de la varilla tocó el plato con ella y el criado se lo llevó al instante. Sancho lo miró con asombro; pero ante él ya había un nuevo plato. Se apresuró a probarlo; pero el de la varilla lo tocó con ella y el plato desapareció con la misma rapidez con que había aparecido.

Miró Sancho a su alrededor con no muy buenos ojos, y entonces el de la varilla le dijo, más o menos, lo que sigue:

—Yo, señor, soy médico, y mi principal misión es la de cuidar de la salud del gobernador; para ello vigilo que únicamente coma lo que es bueno para su bienestar. Mandé retirar el plato de la fruta por ser demasiado húmedo, y mandé retirar el otro plato por ser demasiado seco.

—Pues el plato de perdices que allí veo no es ni demasiado húmedo ni demasiado seco —exclamó ansioso Sancho.

—¿Perdices? —se escandalizó el médico—. No las comerá Vuestra Excelencia mientras yo viva.

—¿Y aquellos conejos?

—¿Conejos? ¡No, por Dios! Nada hay peor para la salud de un gobernador.

—Pues entonces, ¡decidme vos qué es lo que puedo comer de lo que hay en la mesa! —rugió impaciente Sancho Panza.

—Ternera, ¡no!; cordero, ¡tampoco!; gallina, ¡menos!; confituras, ¡ni olerlas…! Lo que a mí me parece bueno para vuestra salud son dos o tres muy finas rodajas de esa carne de membrillo y dos o tres delgados barquillos de canela.

Los ojos de Sancho Panza chispeaban de ira y su estómago pedía venganza a gritos, así que el gobernador no pudo resistirlo, y a voces, a muy fieras voces, le dijo al médico de la varilla que se quitara de su vista al instante, porque, si no lo hacía, cogería un garrote, o la misma silla en la que estaba sentado, y lo molería a golpes.

Justo en ese momento se oyó en la calle una trompeta; era la de un mensajero que traía un mensaje del Duque para Sancho Panza. Aproximadamente, esto era lo que decía:

«Señor don Sancho Panza: Hasta mí han llegado noticias de que unos enemigos míos se preparan para asaltar la isla. El asalto será de noche, aunque no sé cuándo, por lo que conviene estar siempre alerta. También sé que cuatro personas "disfrazadas" han entrado ya en ese lugar con la intención de quitaros la vida. Tened cuidado, por tanto; vigilad sobre todo con quién habláis y lo que coméis…

Fechado el 10 de agosto a las 4 de la mañana.

Vuestro amigo el Duque».

Quedó atónito Sancho; pero tenía tanta hambre que, sin dudarlo, pidió un racimo de uvas y un pedazo de pan, ya que le parecía que los tales alimentos no podían estar envenenados.

Después de tan escasa cena llegó la hora de hacer la ronda, que, por cierto, fue muy larga. Durante ella, Sancho tuvo ocasión de demostrar de nuevo su prudencia, pues cosas muy «extrañas», también fingidas, sucedían en la isla por la noche.

Y así acabó su primer día de gobierno. Después vinieron otros, que fueron semejantes al primero. De modo que entre ayunos, juicios y rondas nocturnas, se fue pasando el tiempo.

El muy hambriento y cansado Sancho maldecía en secreto su cargo de gobernador y la hora en la que se le ocurrió aceptarlo; pero gobernador era, o eso se creía, por lo que procuró juzgar con justicia y prudencia. Siempre tuvo muy en cuenta los consejos de don Quijote, y, cuando tenía dudas, empleaba el sentido común, que, según dicen, es el menos común de los sentidos. De modo que a muchos asombró, y muchos se preguntaron si, después de todo, aquel falso gobernador no sería más sabio y más honrado que muchos otros gobernadores verdaderos.

En fin, las cosas siempre son como son, y eran como eran, de manera que Sancho Panza, aunque de mala gana, trabajó sin descanso pensando en el bien de las gentes de su isla. De todas formas, aquella larga burla estaba llegando a su final. Y así terminó la séptima noche de su gobierno.

Sancho ya estaba en la cama y se le comenzaban a cerrar los ojos cuando oyó un enorme ruido de voces y campanas, y también escuchó infinitas trompetas y tambores.

Se levantó de un salto, y en camisa se asomó a la puerta de su habitación y vio que por el corredor se acercaban varias personas con velas encendidas y espadas en la mano.

—¡Armaos, armaos, señor Gobernador, que nos han invadido la isla! ¡Armaos y salid a pelear! ¡Sed nuestra guía, ya que sois nuestro gobernador! —gritaba uno de los que corrían.

Luego tomaron entre varios dos grandes tablas redondas, se las pusieron al pobre Sancho una delante y otra detrás y al cuerpo se las amarraron como si fueran escudos, de modo que quedó «entablado» y tieso como un huso, sin poder dar un solo paso.

—Y ahora, ¡corred y protegednos! ¡Sed nuestro faro! —le pidieron.

Quiso el pobre gobernador moverse y dio con sus entablados huesos en el suelo, donde quedó como un galápago.

Los que corrían siguieron corriendo, y algunos cayeron sobre él y otros lo pisaron, mientras gritaban como si estuvieran en la peor de las batallas:

—¡Aquí los nuestros…! ¡Cuidado, por ahí, que llega el enemigo…! ¡Guardad aquella puerta…! ¡Vigilad esa otra…! ¡Arrojad agua hirviendo…! ¡Ya llegan, ya llegan!

Y mientras tanto, Sancho seguía en el suelo, pidiendo a Dios que acabara aquella lucha, fuera como fuera. Y Dios debió de escucharlo, pues al fin llegaron a sus oídos gritos muy distintos a los anteriores:

—¡Victoria! ¡Victoria! ¡Los enemigos huyen…! Levántese, señor Gobernador, que hemos vencido y tenemos que celebrarlo.

—Yo no quiero celebrar nada, yo quiero que alguien me quite estas tablas que me están matando —suplicó el dolorido Sancho.

Le quitaron entonces las tablas que lo aprisionaban y lo condujeron al lecho, donde quedó tan molido y desmayado que los que habían tomado parte en aquella última broma de la invasión de la isla comenzaron a sentirse pesarosos de haberla hecho tan pesada.

Después de que hubo descansado un poco, preguntó Sancho Panza qué hora era.

—Ya amanece —le respondieron.

Entonces, él, sin decir una palabra más, se levantó del lecho y se vistió lo más deprisa que pudo. Después, poco a poco, porque hasta las pestañas le dolían, se dirigió a la cuadra y, llegando al lado de su asno, lo abrazó con ternura y le dio un beso en la frente, y, con los ojos húmedos, le dijo algo muy parecido a esto:

—Ven acá, amigo mío, compañero de trabajos y miserias, que cuando contigo trabajaba y vivía, dichosas eran mis horas, mis días y mis años; en cambio, ahora...

Y mientras estas y otras cosas le decía, con amorosas manos lo iba aparejando.

Capítulo VII

De nuevo juntos y en camino

Cuando el asno estuvo aparejado, se subió sobre él y, mirando al hombre de confianza del Duque, al médico de la varilla y a otro que durante aquellos días le había servido de secretario, les dijo, con voz serena y firme:

—Abrid camino, señores míos, y dejadme volver a mi antigua libertad y a mi vida pasada. Yo no nací para gobernador ni para defender islas de feroces enemigos; mejor sé arar y cavar que juzgar y hacer leyes; mejor quiero comer sólo gazpacho que seguir los consejos de un médico que me mata de hambre; mejor quiero tumbarme a la sombra de una encina que acostarme sobre las más finas de las sábanas. Vuestras mercedes se queden con Dios, que yo con Dios me voy, tan pobre como entré, al revés de lo que suele sucederles a otros gobernadores. Y ahora, ¡déjenme ir!

Los que estaban junto a él trataron de convencerlo para que no se marchara; pero al verlo tan decidido, se fueron apartando poco a poco y lo dejaron ir, no sin antes ofrecerle lo que le hiciera falta para el camino, y algo muy parecido a esto fue lo que Sancho dijo:

—Solo quiero un poco de cebada para mi amado asno, y medio pan y medio queso para mí, pues pan y queso es el mejor de los alimentos para cualquier labrador, que eso es lo que soy, aunque durante algunos días lo haya olvidado.

Después de darle lo poco que pedía, lo abrazaron todos, y esta vez no fue burla ni broma: con afecto lo hicieron. Y al final muchos sentían su marcha, pues, aunque tarde, comprendieron que, a pesar de ser simple, era prudente y justo, y que, por lo tanto, quizá hubiera llegado a ser el mejor de todos los gobernadores.

Así fue como Sancho salió de aquella isla, que no lo era, y dejó de ser gobernador para volver a ser solo escudero.

En busca de su señor iba, ansioso estaba de verlo, pues mil veces prefería estar con él que gobernar todas las islas del mundo.

Y ahora, antes de seguir adelante, hace falta decir que durante los siete u ocho días que Sancho pasó en el pueblo que creía isla, creyéndose gobernador, don Quijote continuó viviendo en el castillo de los duques, donde le ocurrieron algunas cosas, siempre extrañas, todas fingidas y todas disparatadas. Tampoco él se libró de las bromas pesadas, y también él siguió sin darse cuenta de que lo eran. Muchas fueron, por cierto; tantas que sería muy largo de contar. Dejemos, por tanto, a don Quijote, aunque será por breve tiempo, y sigamos a su buen escudero, que, como ya hemos dicho, en su busca va.

Pues bien, sucedió que Sancho marchó durante un día entero, y muchas prisas se dio; pero, de todas formas, la noche lo sorprendió en el camino, y tuvo la malísima suerte de ir a caer, con su asno, en un hondísimo pozo que en la tierra se había abierto.

En el fondo pasó toda la noche, suspirando por que llegara el día, hablando con su asno, diciéndole que estuviera tranquilo, que nada se conseguía con desesperarse, que las cosas parecían mucho peores estando a oscuras y que, en cuanto saliera el sol, también saldrían ellos del agujero.

Pero a la mañana siguiente se dio cuenta de que no había forma de salir de allí sin que alguien los ayudara, por lo que se puso a gritar sin perder ni un minuto:

—¡Socorro! ¡Auxilio! ¡Que alguien nos ayude! ¡Estamos aquí abajo, mi asno y yo! ¡¡Socorro...!!

Quiso la suerte que fuera precisamente su señor don Quijote el que lo oyera.

Paseaba el caballero tranquilamente cuando le pareció escuchar voces en lo hondo de la tierra.

—¿Quién grita? ¿Quién se queja? ¿Quién está allí abajo? —preguntó acercándose al pozo.

—¡El desdichado Sancho, gobernador que fue de la isla Barataria y escudero del famoso caballero don Quijote de la Mancha!

Pasmado se quedó al oírlo don Quijote. Pasmado y entristecido, pues, como creía que Sancho seguía en la isla, pensó que el pobre había muerto, y que lo que había en el pozo era su espíritu, es decir, ¡un fantasma!

Por eso, dando grandes voces dijo lo que sigue:

—Yo te conjuro para que digas la verdad: ¿eres un alma en pena? Y si lo eres, ¿qué necesitas de mí?

—¿Sois vos, mi señor don Quijote? Pues, por vuestra voz, a él os parecéis —dijo Sancho, sintiendo que su corazón se ponía a dar saltos de gozo y de esperanza.

—Don Quijote soy, y si tú eres mi escudero Sancho y has muerto, dime enseguida qué es lo que puedo hacer en favor de tu alma.

—¡Por mis barbas! Vuestro escudero soy, y no estoy muerto, sino bien vivo. Al pozo caí con mi buen asno.

Al oír hablar de él, el asno rebuznó, con tanta fuerza que el pozo se puso a retumbar como si hubiera algún temblor de tierra.

—¡La voz del asno reconozco! ¡También la tuya, Sancho amigo! Espera unos momentos, que corro hacia el castillo en busca de ayuda —gritó don Quijote más contento que unas pascuas.

Regresó el caballero con ayuda lo más pronto que pudo, y con cuerdas y maromas sacaron a Sancho y a su asno del interior del pozo.

Llorando de alegría se echó el escudero a los pies de su señor. Él lo hizo levantar y lo abrazó como a un amigo. Después marcharon juntos de regreso al castillo.

Sancho iba tan feliz como un niño perdido cuando encuentra a su madre.

De camino al castillo, don Quijote se volvió a él y le preguntó:

—Dime, Sancho, ¿qué es lo que ha sucedido? ¿Cómo es que te encuentro aquí? ¿Cómo es que no estás en la isla cuyo gobierno te fue encomendado?

—Pues sucede, señor, que yo no nací para ser gobernador de ninguna isla. Escudero fui, escudero soy, y escudero seré si mi señor don Quijote así lo quiere —dijo Sancho, y luego le fue explicando detalladamente todo lo ocurrido en la isla, y los motivos que tuvo para dejar su gobierno.

Sus razones entendió don Quijote, y no solo eso, sino que alabó su prudencia y su honradez, y añadió que se sentía orgulloso de él.

Así fue como don Quijote y Sancho se reunieron de nuevo y decidieron que no volverían a separarse.

Todavía permanecieron algunos días en el castillo, y todavía tuvieron que sufrir algunas otras pesadas bromas; aunque, para ser sinceros, hay que decir que también recibieron bastantes atenciones.

Hasta que llegó el día en el que don Quijote pensó que era el momento de reemprender la marcha, pues los caballeros andantes tenían una misión que cumplir en el mundo, y mientras que las injusticias siguieran existiendo, no debían permanecer demasiado tiempo ociosos.

El Duque y la Duquesa les rogaron que no se fueran todavía, pues mucho sentirían su marcha, ya que mucho les alegraba su presencia; y eso sí que era cierto, puesto que, desde que los encontraron, no habían cesado de divertirse.

Agradecieron el caballero y su escudero el afecto que los duques parecían mostrarles, y después don Quijote les dijo que sentían en el alma separarse de tan buenos y generosos amigos, pero que el mundo estaba lleno de pobres gentes que los necesitaban mucho más que ellos. Dicho esto, se despidieron de los duques y nuevamente se pusieron en marcha.

Cuando al fin se vieron solos, se sintieron tan libres y aliviados como los mismos pájaros, y aunque en el castillo no les faltaba de nada, sí les parecía que allí habían estado un poco prisioneros, y que en marchar hacia donde quisieran, sin dar cuenta a nadie, estaba la verdadera libertad.

—La libertad, Sancho, es uno de los mayores bienes que los hombres tienen; con ella no pueden igualarse los tesoros que se encuentran en la tierra ni en los mares. Por la libertad se puede y se debe exponer la vida —exclamó don Quijote, clavando sus ojos en el lejano horizonte.

Sancho no dijo nada, pero suspiró a lo hondo porque estaba de acuerdo, y el asno y el caballo también suspiraron, en forma de rebuzno y de relincho.

Así, juntos y libres, caballero y escudero, asno y caballo, siguieron su camino. A lo largo de la marcha, don Quijote pensaba con frecuencia en Dulcinea, a la que no podía ni quería olvidar. Por eso, cuando tuvo ocasión, una vez que se detuvieron en un espeso bosque, se dirigió a Sancho y le dijo, más o menos, lo siguiente:

—Si tú, oh, Sancho, hicieras lo que voy a pedirte, me sentiría muy contento y aliviado. Lo que te pido es que te apartes un poco, cojas las riendas de Rocinante y te des con ellas unos trescientos o cuatrocientos azotes, a cuenta de los tres mil y pico que has de darte para desencantar a Dulcinea.

Pero Sancho no parecía estar muy bien dispuesto:

—Comamos y descansemos primero, y luego ya se verá. Tenga paciencia su señora Dulcinea, que en algún momento ya me daré esos azotes.

Comieron y descansaron, y luego siguieron el camino sin que Sancho se diera azote alguno.

Se detuvieron algún tiempo después en una venta para pasar la noche, y fue extraño que don Quijote no la confundiera con ningún castillo, que era lo que siempre solía hacer.

Fue en esa venta en la que el caballero decidió seguir hasta Barcelona sin pasar por Zaragoza, que era a donde antes tenía la intención de llegar.

En el camino de Barcelona no se vieron envueltos en demasiadas hazañas y aventuras. El caso era que don Quijote ya no las buscaba de la misma manera que antes. Ni siquiera las echaba en falta. Parecía como si estuviera distraído o desanimado, o como si las fuerzas comenzaran a abandonarlo. En cuanto a Sancho, se conformaba con comer y dormir bien, y conseguir un poco de dinero; pero ni pensar quería en que pudieran confiarle el gobierno de ninguna otra isla.

Capítulo VIII

El caballero de la Blanca Luna

Barcelona les pareció a don Quijote y Sancho una ciudad hermosa e importante; pero lo que más les impresionó fue el mar, al que nunca antes habían visto. ¡El mar!, tan inmenso o más aun que las inmensas llanuras de La Mancha. ¡El mar de Barcelona! Azul o gris, tranquilo o encrespado, según el tiempo, constantemente surcado por galeras o naos que atracaban todos los días en el puerto, que era un auténtico hervidero de gente, un constante ir y venir de marineros y comerciantes. La playa, en cambio, solía ser un remanso de paz, un tranquilo lugar en el que recobrar la serenidad y sosegar los ánimos alterados o entristecidos. Sin embargo, fue precisamente en aquella playa donde don Quijote recibió el más duro golpe de su vida, y nunca mejor dicho lo de golpe, pues por cierto lo fue, y en más de un sentido.

Paseaba por la playa, tranquilamente montado en Rocinante, eso sí, armado hasta los dientes, puesto que caballero andante seguía siendo, y los andantes rara vez dejan sus armas en casa. Como digo, paseaba don Quijote tranquilo y contento, acompañado de su fiel Sancho, cuando de pronto vio cabalgar hacia él a otro caballero. Montaba sobre un muy grande, hermoso y fuerte caballo, iba armado de punta en blanco y, en el pecho, llevaba pintada una brillante luna.

—Insigne caballero don Quijote de la Mancha, mucho he oído hablar de vuestras hazañas y de vuestra valentía. Yo soy el caballero de la Blanca Luna y vengo a desafiaros para que reconozcáis que vuestra señora doña Dulcinea del Toboso es mucho menos bella de lo que será mi dama el día que la tenga, pues aún no la tengo —le explicó enseguida aquel desconocido.

Don Quijote parpadeó un momento, y pasado el primer pasmo, habló con palabras solemnes y dijo algo así:

—Caballero de la Blanca Luna, estoy seguro de que nunca habéis visto a mi señora Dulcinea, pues en tal caso sabríais que no puede haber otra que ni siquiera se le parezca. De todas formas, ¡acepto vuestro desafío!

Sancho y algunas personas que paseaban cerca trataron de impedirles que lucharan, pero, por más razones que les dieron, no lo lograron, pues el caballero de la Blanca Luna seguía en sus trece, y don Quijote, en sus catorce.

De modo que, en un determinado momento, arremetieron el uno contra el otro. La suerte estaba echada desde el principio, pues Rocinante era viejo y muy flaco, aunque el pobre hacía lo que podía, y el otro caballo era joven y muy fuerte, por lo que, al primer encontronazo, don Quijote y su caballo dieron con sus huesos en el suelo, y en él se quedaron, pues no tenían fuerzas ni para menearse.

—¡Vencido sois! —gritó el de la Blanca Luna, poniendo su espada sobre el caído pecho de don Quijote—. ¡Confesad que mi futura dama ha de ser la más hermosa!

—¡Dulcinea del Toboso es la más hermosa dama del mundo! —exclamó don Quijote, y luego dijo con voz triste—: Y yo soy el más desdichado de los caballeros andantes de la tierra. Apretad vuestra espada, caballero, y quitadme la vida, puesto que me habéis quitado la honra.

—¡No, yo no haré eso, por cierto! —gritó el caballero vencedor, y después añadió, más o menos, lo que sigue—: Os reconozco como el más leal y honrado de los caballeros andantes; pero yo os he vencido, y, por tanto, habréis de aceptar la petición que quiero haceros.

—Me habéis vencido, y podéis pedirme o imponerme lo que queráis, con tal de que no tenga que ver con el honor de mi señora Dulcinea —reconoció don Quijote.

—Lo que yo os pido es que dejéis las armas un año entero y volváis a vuestra casa, en paz y sosiego, sin buscar, desde ahora, ninguna clase de aventura —dijo el caballero de la Blanca Luna, y, sin más, se dio la vuelta y se dirigió hacia el interior de la ciudad.

Los que estaban presentes quedaron asombrados ante tan extraña petición, y los más asombrados de todos fueron don Quijote y Sancho.

El buen escudero, mientras ayudaba a levantarse a su señor, procuraba darle ánimos aunque él mismo no los tenía. De pronto todo le parecía extraño y triste; era como si el soleado día se hubiera convertido en la más oscura de las noches: «¡Don Quijote vencido...! ¡Don Quijote sin armas...! ¡La gloria de los caballeros andantes sin hazañas ni aventuras...! ¡Su fama oscurecida...!», no podía creerlo, ni pensarlo podía.

En cuanto al pobre Rocinante, de buena gana se hubiera quedado en el suelo para siempre. Cuando al fin consiguió levantarse, no se atrevía a alzar sus ojos, ni siquiera para mirar a su amigo el asno, aunque sabía que él no iba a reprocharle nada.

Pero ¿quién era, de dónde venía y por qué se comportó de manera tan extraña el caballero de la Blanca Luna? Escuchemos lo que él mismo dijo cuando algunos de los que estaban en la playa lo encontraron en la ciudad y se lo preguntaron:

—Sabed, señores, que yo soy conocido con el nombre de bachiller Sansón Carrasco, y vivo en el mismo pueblo donde vive don Quijote de la Mancha, cuya locura nos mueve a compasión a vecinos y amigos. Por esta causa salí yo de mi casa con la intención de ayudarle a hallar el reposo que tanto necesita para recobrar su perdida salud. En fin, para esto decidí fingirme caballero andante, luchar contra él y vencerle, aunque sin hacerle daño, para de este modo conseguir, primero, el abandono de sus armas, y luego, el regreso a su hogar.

»Os suplico, señores, que no me descubráis ante don Quijote, pues lo que he hecho ha sido con buena intención, y con la esperanza de que, volviendo él a casa, recupere el juicio.

Después de esta explicación, el bachiller Sansón Carrasco abandonó Barcelona y se puso en camino hacia La Mancha.

Algunos días más tarde, don Quijote y Sancho también emprendieron la marcha. Don Quijote, desarmado y entristecido, y Sancho, algo más animado, pues, por naturaleza, tenía buen conformar, y cualquier cosa le alegraba, eso sí, a condición de que tuviera el estómago lleno.

Además de su mucha tristeza por haber sido vencido, don Quijote sentía en su pecho la pesadumbre de que su señora aún seguía encantada. Algo habló a Sancho de ello, y él, una vez más, le prometió que se daría los azotes, aunque cuando le viniera bien. Pero ¿a quién le viene bien azotarse, y a sangre fría además?

Era por eso por lo que don Quijote, además de una honda tristeza, se sentía envuelto en una profunda melancolía.

Sin embargo, hubo un momento en el que pareció olvidarla casi por completo. Fue cuando se detuvieron en un agradable prado en el que, a la ida, habían visto a unas muy jóvenes y alegres pastoras cuidando de sus rebaños.

—¿Qué te parecería a ti, Sancho, si, como se cuenta en algunas de esas novelas llamadas pastoriles, tú y yo nos hiciéramos pastores? —preguntó de repente, y después añadió—: Ten en cuenta que, en las tales novelas, los pastores no son gentes rudas y mal habladas, sino delicadas y amables, que se pasan el tiempo haciendo versos y enamorándose de las más bellas pastoras. Si es que lo tienes a bien, ¡oh, Sancho!, yo compraría algunas ovejas, y este tiempo que he de estar sin armas podríamos emplearlo cuidándolas. Eso sí, tendríamos que cambiar nuestros nombres, pues, en las novelas, los pastores siempre lo hacen, y también haríamos las otras cosas pastoriles.

»Yo me llamaría Quijotiz, y tú, Pancino, y andaríamos por los montes y los prados, cantando aquí y allí, bebiendo de las cristalinas fuentes o de los limpios arroyuelos o de los caudalosos ríos..., descansando en los verdes prados... ¿Qué te parece a ti, ¡oh, Sancho!, esto que te digo?

—¡Pardiez!, que me gusta ese género de vida, y estoy pensando que podríamos decírselo a nuestros amigos el cura y el barbero, y también al bachiller Sansón Carrasco.

—¡Muy bien has dicho, Sancho! —se entusiasmó don Quijote.

—¡Válgame Dios! ¡Qué vida hemos de darnos! —exclamó Sancho Panza rebosante de gozo.

Y así, hablando y soñando, habiendo olvidado las tristezas, se les echó la noche encima, y se dispusieron a pasarla lo mejor posible, tumbándose debajo de los árboles.

Durmiendo estaban, o al menos lo estaba Sancho, cuando los sorprendió un gran estruendo y un terrible y sordo sonido que por los valles se extendía. Se levantó don Quijote de un salto, y Sancho, pálido y espantado, corrió a ocultarse debajo de su burro.

¿Qué sería aquello? ¿Qué era lo que se les venía encima? ¿Qué peligro los amenazaba? ¿Dragones? ¿Gigantes? ¿Ejércitos…?

¡Cerdos…! ¡Vulgares gorrinos…! El caso era que unos hombres llevaban a vender una piara como de seiscientos animales, y era tanto el ruido de gruñidos y pezuñas que a don Quijote y Sancho ensordecieron, y, por no estar la noche demasiado clara, no advirtieron qué era lo que se acercaba hasta que fue demasiado tarde, de modo que la gruñidora piara llegó en tropel y pasó por encima de ellos, y también del caballo y el asno.

Cuando se levantaron, pisoteados y revueltos, Sancho estaba furioso, y don Quijote, otra vez avergonzado y entristecido.

—No grites, Sancho, contra esos sucios animales ni contra los que los conducen, que esta nueva vergüenza no es cosa del descuido ni de la mala suerte, sino castigo para mi pecado, porque pecado es para un caballero andante el ser vencido. Justo es que a ese vencido caballero le piquen las avispas, se lo coman las moscas y lo pisen los puercos —musitó con voz débil don Quijote, y después añadió—: Y ahora duerme, Sancho amigo, que ninguna vergüenza debes tener de esto, porque, aunque lo has sufrido, no iba contra ti. Duerme mientras yo velo, que tú has nacido para dormir.

Y para dormir, seguramente, había nacido Sancho, porque no había acabado de hablar don Quijote y él ya dormía a pierna suelta.

El caballero, sin embargo, no pudo pegar ojo. Despierto permaneció toda la noche pensando en la humillación de haber sido pisoteado por cerdos malolientes, porque cerdos eran y cerdos vio, sin confundirlos con ejércitos, gigantes o dragones, como en otros tiempos seguramente hubiera hecho.

Cuando salió el sol, se pusieron en marcha. El día amaneció claro y sereno; tranquilo fue el camino en su comienzo, y con tranquilidad deseaban que terminara... Qué distintos eran ahora este señor y este criado de aquellos que un día salieron de La Mancha en busca de gloria y aventuras. Marchar en paz, eso era ya lo único que deseaban.

Capítulo IX

La llegada a casa

Tranquilidad querían; pero no la tuvieron del todo, porque, de pronto, aparecieron en el camino doce hombres armados, y, tomándolos presos, se los llevaron a la fuerza.

El caso fue que otra vez terminaron en el castillo de los duques. De una nueva broma se trataba. Pero no tenemos ahora el tiempo ni el espacio necesario para contarlo todo; detengámonos solo en decir que, al marchar, la Duquesa entregó a Sancho alrededor de doscientas monedas, que fue lo único que el buen escudero sacó en limpio en aquel largo y accidentado viaje de ida y vuelta a Barcelona.

De nuevo en el camino, don Quijote había olvidado por completo aquella feliz idea que, en un momento, tuvo de convertirse en pastor y vivir en los alegres prados rodeado de amigos y de ovejas. Caballero vencido y fracasado volvía a sentirse, y además estaba cada vez más apesadumbrado a causa de aquel encantamiento de su señora que, según parecía, no tenía trazas de acabarse jamás.

Por eso volvió a decirle a Sancho, con ruegos y con súplicas, que se diera aquellos azotes que había prometido darse.

No sabía Sancho a ciencia cierta si la señora Dulcinea estaba o no encantada. Por lo que había pasado, aquello del carro de las mulas y del extraño ser que en él viajaba junto a una doncella con el rostro cubierto, a veces le parecía que sí; pero cuando pensaba que lo del encantamiento lo había inventado él, le parecía que no. Y lo que más raro le resultaba era eso de que unos azotes en sus posaderas pudieran desencantarla; sin embargo, pensando en lo mucho que su señor sufría, se dijo a sí mismo que sí, que se los daría.

—Dispuesto estoy, señor, a dar gusto a vuestra merced en lo que desea —dijo por fin.

—¡Oh, Sancho bendito! ¡Oh, Sancho amable! —exclamó don Quijote lleno de gozo—. Cuánto hemos de agradecértelo Dulcinea y yo... Mira, empieza cuanto antes, para que, cuanto antes, quede ella desencantada.

—Esta noche sin falta me los daré. Procure vuestra merced que la pasemos a campo abierto, porque ese es el mejor lugar para que yo hiera mis pobres y desnudas carnes.

Desde ese mismo momento se puso don Quijote a desear que llegara la noche, y Sancho, a desear que no llegara. Pero al fin la noche llegó y se adentraron en un espeso bosque.

Primero comieron y descansaron un poco, que sin comida y descanso el buen Sancho dijo que no tenía fuerzas para nada. Don Quijote lo miraba impaciente; pero no tardó demasiado en levantarse el escudero. Cogiendo las riendas del asno, se alejó como unos veinte pasos y, ocultándose detrás de unos árboles, se desnudó de medio cuerpo y comenzó a azotarse.

Mientras tanto, don Quijote iba contando azotes:

—Uno, dos..., tres... —así, hasta llegar a ocho.

En este punto pensó Sancho que era demasiado el daño, así que se puso a pensar en la manera de contentar a su señor sin lastimarse él, y algo sí que se le ocurrió, y algo sucedió, porque, de repente, pareció que los azotes llovían con mucha mayor rapidez y mucha mayor fuerza:

—¡Zas!, ¡zas!, ¡zas!

Don Quijote contaba muy deprisa:

—Veinte, treinta, cuarenta, cien, doscientos, cuatrocientos..., seiscientos..., ochocientos...

Sancho gemía y sollozaba:

—¡Ay! ¡Ay! ¡Qué dolor...! ¡Dios me ayude! ¡Huy! ¡Mi pobre piel, que se cae a tiras...! —y seguía azotándose.

Hasta que don Quijote se comenzó a asustar:

—¡Por tu vida, Sancho, déjalo ya! Y demos tiempo al tiempo, que no se ganó Zamora en una hora. Más de mil te has dado ya.

Pero Sancho insistía:

—No, no, señor; apártese otro poco y no haga caso de mis gemidos.

Hasta que don Quijote le suplicó, por Dios y por su madre, que siguiera otro día.

Accedió el muy tramposo, pues, de todos aquellos azotes, su cuerpo recibió únicamente ocho. Los otros, los más fuertes y seguidos, los recibieron los troncos de los árboles.

Después de tan tremenda «azotaina», se echó Sancho en el suelo y se durmió al instante.

No tuvo malos sueños, su conciencia estaba muy tranquila, pues se decía a sí mismo que, aunque los azotes fueran fingidos, tenían la virtud de alegrar a don Quijote.

Con el alba siguieron el camino, y de nuevo, cuando llegó la noche, se adentraron en otro espeso bosque, donde Sancho continuó la tarea de darse azotes de la misma manera que la noche anterior, hasta que se cumplieron aquellos tres mil y trescientos que eran necesarios para que la señora Dulcinea saliera de su encantamiento.

¡Había que ver el gozo asomando a los ojos de don Quijote! ¡Había que ver la sonrisa en los labios de Sancho!

—¡Por fin...! —susurraba el caballero, imaginando a su dama desencantada, de nuevo hermosa, delicada, amable y dulce—. ¡Por fin...! Y pensando en su señora, olvidó su derrota y sus tristezas.

Al despuntar el día, de nuevo se pusieron en marcha una vez más los dos amigos, los dos contentos y sin muchas ganas de aventuras.

Ya nada sucedió que merezca la pena ser contado, hasta que, habiendo subido a lo más alto de una empinada cuesta, descubrieron su aldea, allá en lo bajo.

—Abre tus ojos, amada patria mía, y mira que vuelve a ti Sancho Panza, tu hijo, si no muy rico, sí muy bien azotado. Abre tus brazos y recibe también a tu hijo don Quijote, que, si viene vencido por otro, viene vencedor de sí mismo, pues en todo obró bien y nunca cedió ante las injusticias

—exclamó Sancho con voz emocionada, y, bajando del asno, se arrodilló en tierra y la besó.

Don Quijote lo contempló admirado, diciéndose que aquel hombre, que en otro tiempo apenas si expresarse sabía, ahora lo hacía con soltura y hasta con elegancia. Y eso le satisfacía, pues se imaginaba, y estaba en lo cierto, que alguna parte había tenido él en aquel cambio.

Enseguida continuaron la marcha hacia la aldea, y antes de llegar a ella, en unos prados cercanos se encontraron con el cura y el barbero, que en ellos descansaban.

Después de los primeros momentos de sorpresa y las primeras exclamaciones de júbilo, los dos abrazaron al caballero y a Sancho con muy grandes y apretados abrazos. Y ya juntos, entraron en el pueblo, y después de despedirse muy cariñosamente el señor y el criado, cada uno se fue a su casa, donde fueron recibidos con las naturales muestras de emoción y alegría.

Sancho lloró abrazando a los suyos, pues siempre tenía la lágrima fácil. Don Quijote, en cambio, no hizo muchos aspavientos; primero, porque por naturaleza no era hombre de hacerlos, y segundo, porque, después de todo, no conseguía olvidarse de que venía vencido.

Capítulo X

La despedida de don Quijote

Nada más llegar, confesó don Quijote al ama y a su sobrina, en presencia del cura y el barbero, que lo habían acompañado, que, por una parte, regresaba algo triste y bastante avergonzado, pues por otro caballero había sido vencido; pero, por otra parte, se sentía alegre, pues su señora Dulcinea, que fue encantada, gracias a su buen Sancho ya no lo estaba.

Y después, también dijo que, durante todo un año, no habría de correr ninguna clase de aventura, ni tampoco cogería sus armas.

El ama y la sobrina dieron gracias a Dios con enorme contento; pero don Quijote añadió algo más, que las dejó perplejas y volvió a disgustarlas:

—Aunque tengo pensado que durante este año he de hacerme pastor, y en la soledad de los montes cuidaré de unas pocas ovejas y pensaré en el amor... Sancho vendrá conmigo, y si vuestras mercedes no tienen nada mejor que hacer, podrían acompañarnos —dijo dirigiéndose al barbero y el cura.

El ama y la sobrina pusieron sus gritos en el cielo:

—¿Qué es esto, una nueva locura? Nosotras que pensábamos que regresaba a casa para tomar descanso y reponer las perdidas fuerzas... ¡Ay, Dios mío, qué nueva desgracia nos aflige...! Pero ¿sabéis acaso lo que hacéis? ¿Cómo resistiréis en esos campos los calores del verano, los fríos del invierno, los fieros aullidos de los lobos...?

Estas y muchas otras cosas le dijeron, hasta que don Quijote se cansó de oírlas, y no solo porque ellas no paraban de hablar, sino también porque llegaba cansado y mucho le dolía la cabeza:

—Callad, hijas, que yo sé bien lo que me hago, y ya sea pastor o caballero, no habréis de preocuparos por mí. Y ahora, llevadme al lecho, porque me parece que no vengo muy bueno —pidió don Quijote.

Y hacia el lecho lo llevaron el ama y la sobrina, y con mucho cuidado y cariño le abrieron la cama y le ayudaron a cambiar las ropas de viaje por las ropas de dormir. Después cerraron la ventana, corrieron las cortinas, dijeron al cura y al barbero que se despidieran porque ya era hora de hacerlo y, por último, advirtieron a don Quijote que no dijera ni una palabra más, porque sí que parecía tener calentura. El caso era que las únicas que no callaron fueron ellas, porque aún siguieron algún tiempo dándole recomendaciones y consejos.

En fin, que el pobre caballero don Quijote, recién llegado a casa y sin haber podido descansar de su largo y accidentado viaje, se sintió invadido por unas muy intensas e inoportunas fiebres.

—Son las tristezas de verse vencido las que lo han puesto enfermo —se lamentaba Sancho.

—Son los viajes, esos disparatados viajes, los que le han robado la salud del cuerpo y del alma —suspiraron la sobrina y el ama.

—Son las cosas de la vida, que hoy estás sano y mañana no lo estás —decían el cura y el barbero.

Fueran lo que fueran, seguramente por un poco de todo, el caso era que las fiebres no solo no disminuían, sino que más bien aumentaban.

Seis días enteros permaneció en el lecho, cada vez más débil, decaído y agotado.

Durante todo ese tiempo lo visitaron muchas veces sus dos buenos amigos, y también el bachiller Sansón Carrasco; en cuanto a Sancho Panza, su fiel escudero, no había manera de separarlo de su lado.

Y todos procuraban consolarlo y darle ánimos, diciéndole que muy pronto estaría curado, abandonaría el lecho y saldría de caza o de paseo. Pero, le dijeran lo que le dijeran, don Quijote no podía dejar de estar triste y enfermo, cada día más triste y enfermo.

En la casa se andaba de puntillas y se hablaba en voz baja, el galgo no meneaba el rabo y Rocinante apenas relinchaba; en cuanto a las gallinas, el ama fue a decirles que si alguna gritaba le cortaría el pescuezo. Y la rubia y la negra ponían para nada, porque don Quijote ni miraba sus huevos. En fin, no hay que darle más vueltas, la casa de un enfermo era aquella, y de un enfermo grave. Tan grave, que un día dijo el médico, también en voz muy baja:

—No me gusta este pulso, ni esta piel, tan pálida y transparente. Mejor será que el señor don Quijote se vaya preocupando por la salud del alma, pues la del cuerpo la tiene ya perdida…

Al oírlo, lloraron el ama y la sobrina desconsoladamente, y aún más lloró el buen Sancho, que hipaba y sollozaba como si fuera un niño.

En cambio, don Quijote permaneció tranquilo, que bien sabía él que todo en este mundo tiene un fin y que nada es eterno. Además, no le temía a la muerte, le tenía respeto, eso sí, por eso quería recibirla dignamente, como suelen hacerlo la mayor parte de los caballeros andantes.

—Lo que ahora deseo es permanecer a solas, para pensar un poco y dormir otro poco —dijo don Quijote, o quizá fuese algo bastante parecido.

Pensar, no sé lo que pensó, pero dormir, durmió al menos durante seis horas. Tanto que el ama y la sobrina, preocupadas porque aquel sueño ya fuera el último y eterno, entraban de puntillas cada poco.

Al fin don Quijote se despertó, y cuando lo hizo, dio una gran voz y dijo:

—¡Bendito sea Dios, que tan bueno y misericordioso ha sido conmigo!

Corrieron a su lado el ama, la sobrina, el cura, el barbero, el bachiller Carrasco y Sancho, por supuesto.

—¿Qué decís, señor tío? ¿Por qué Dios ha sido tan bueno y misericordioso con vos? ¿Acaso estáis mejor? ¿Es que os sentís curado? —preguntó ansiosa la sobrina.

—No se trata de eso; es porque la misericordia de Dios me ha devuelto el juicio perdido. Ahora yo lo tengo muy claro, ahora reconozco mis pasadas locuras. Y, como siento que la muerte se acerca, quiero que mis amigos sepan que, aunque viví loco, muero cuerdo, y, por lo tanto, me dispongo a hacer mi testamento y a pedir confesión —explicó con mucho sentido don Quijote.

Luego miró a Sancho y le dijo:

—Perdóname, amigo, por haberte hecho parecer tan loco como yo, haciéndote caer en el mismo error en el que he caído, pues ya no quedan en el mundo caballeros andantes. Pero una cosa te digo, y es que si, estando loco, te quería otorgar el gobierno de una isla, ahora que estoy cuerdo, si pudiera, te entregaría el gobierno de todo un reino, pues bien te lo mereces, Sancho amigo, por tu gran sencillez, tu gran fidelidad y tu buen corazón.

—¡Ay! —respondió Sancho sin dejar de llorar—. No se muera vuestra merced, señor mío, siga mi consejo y viva muchos años, porque la mayor locura que puede hacer un hombre en este mundo es la de dejarse morir. Mire, no sea perezoso, levántese de esa cama y vámonos al campo los dos juntos vestidos de pastores, quizá detrás de algunas matas encontremos a la señora Dulcinea desencantada. Pero si lo que quiere es seguir siendo caballero andante y se muere de melancolía por haber sido vencido, piense que bien puedo ser yo el culpable de la caída de

Rocinante por no haberlo aparejado bien. Además, es cosa corriente entre los caballeros que los unos derriben a los otros, y que el que hoy es vencido, mañana puede ser vencedor.

—Así es —dijo el bachiller Sansón Carrasco—. El buen Sancho está en lo cierto.

—Señores, dejemos esto ya —protestó don Quijote—, que antes fui loco y ahora soy cuerdo, y si fui don Quijote de la Mancha, ahora vuelvo a ser simplemente don Alonso Quijano.

Y después no hubo más, solo que la señora Muerte llamó a la puerta y el señor don Quijote se la abrió de par en par, sin formar el menor alboroto ni oponer resistencia, y sin ningún temor.

Y este es ya el final. Don Quijote murió, sencillamente.

No hay más que decir, por lo menos don Miguel de Cervantes no añadió nada más.

En cuanto a Sancho, quizá viviera muchos años todavía después de morir su señor. No sería nada extraño, pues parecía sano y tenía buen humor. Si esto fue así, jamás olvidaría al caballero, pues los hombres como don Quijote nunca se olvidan.

Se me figura a mí que el buen Sancho llegaría a viejo, y aunque se pasaría la vida entre cebollas, zanahorias, ajos y berenjenas, quizá, de cuando en cuando, soñaría con molinos de viento que parecían gigantes, y puede que, alguna vez, al ver pasar rebaños, llegara a imaginar que eran ejércitos.

Y de una cosa estoy segura: cada tarde, sentado bajo un árbol, en sus recuerdos vería a su señor montado en Rocinante, con la espada en la mano, pensando en Dulcinea, decidido a luchar con quien hiciera falta para prestar su ayuda a viudas, huérfanos y damas y princesas prisioneras…

Un libro para soñar

taller

Un libro para soñar

¡Para cuántas cosas sirven los libros!
Unos hablan de realidades increíbles o sorprendentes.
Otros dicen cosas que divierten y hacen reír.
Hay libros misteriosos que dan susto.
¡Y libros donde habitan fantasmas!

Hay libros que son morada de gigantes y dragones, de elfos y hadas, y de habitantes de la niebla.
Hay libros que hacen del mundo un lugar hermoso.
Y libros que hacen soñar...

El bueno de don Alonso Quijano soñó con ser caballero andante y llevó a cabo su sueño; imaginó un mundo mejor, donde reinaran la solidaridad y la justicia, y con determinación y valor intentó hacer realidad ese mundo.

Quizá por eso todos pensaban que estaba loco…

1. **Cada libro guarda un tesoro**

Los tesoros que guardan los libros son esas verdades que nos descubren y nos hacen más sabios.

En la extraña y hermosa historia que hemos leído se esconden muchos tesoros. ¡Vamos a descubrir tres de ellos!

1.1. ¡Qué hermosa es la aventura!

Los caballeros andantes a los que tanto admiraba don Quijote siempre estaban buscando aventuras. Pero no eran aventuras corrientes, no; eran aventuras peligrosas en las que tenían que luchar contra dragones, gigantes, magos y malas gentes.

¡Y don Quijote no quería ser menos! Él, que deseaba «flotar en el aire, volar con el viento, viajar a países remotos» y conocer a personas diferentes, salió a los campos de La Mancha y de Andalucía en busca de todo ese mundo con el que soñaba despierto.

Y aunque todos sabemos que en los soleados campos de España no hay dragones ni magos ni gigantes... ¡don Quijote los encontró, y luchó contra ellos, y los venció, dejándonos a todos boquiabiertos!

Y así es como don Quijote nos enseña que en cualquier momento y en cualquier lugar puede surgir una apasionante aventura.

a) *¿Qué aventuras protagoniza don Quijote en compañía de su buen escudero Sancho Panza?*

....

....

....

b) *¿Recuerdas algún otro libro en el que el protagonista se enfrente a una peligrosa aventura?*

....

....

1.2. ¡Qué maravillosa es la amistad!

De todas las cosas que necesitó don Quijote para ser caballero andante, la más importante fue tener un buen escudero que le ayudara «a transportar las armas, a cuidar el caballo y, sobre todo, a levantarse del suelo cuando caía».

¡Y no era fácil encontrar escuderos en tiempos de don Quijote!

Sancho Panza creyó las promesas de don Quijote, ¡aunque le ofrecía nada menos que ser gobernador de una isla!, y salió con él a los caminos sin saber muy bien lo que le esperaba.

¡Y qué diferentes eran uno y otro! Uno, alto y delgado; otro, bajito y gordo. Uno, soñador e idealista; otro, hombre del pueblo... Y, sin embargo, a pesar de sus diferencias se hicieron muy amigos. ¡Se tomaron tanto cariño...!

Cada uno de ellos sufría como si fueran propias las penas del otro, y los dos se alegraban con sus mutuas alegrías.

Don Quijote y Sancho Panza nos muestran lo maravilloso que es tener un buen amigo.

a) *¿En qué partes de esta historia te parece que don Quijote y Sancho Panza se comportan como verdaderos amigos?*

....

....

....

b) *¿Crees que es importante tener amigos? ¿Por qué?*

....

....

1.3. ¡Qué bueno es ser bueno!

Cuando don Alonso Quijano confundió la realidad con la fantasía y decidió hacerse caballero andante, pensaba para sí mismo: «Como en el mundo todavía quedan muchas gentes malvadas que abusan de los más desgraciados y débiles, los caballeros andantes siguen siendo necesarios y, por tanto, yo he de ser uno de ellos».

Y desde ese momento decidió enfrentarse a los malos y ayudar a princesas encantadas, damas cautivas, tristes huérfanos y viudas.

¡Decidió que su vida estaría dedicada a socorrer a los débiles!

En tiempos de don Quijote también había gentes que se burlaban de los idealistas que pretendían hacer el bien y «arreglar el mundo»; más o menos, como ahora...

Y esas gentes se reían de don Quijote, quien, sin embargo, demostró tener mucha más nobleza y bondad de corazón que todas ellas.

Don Quijote nos enseñó con sus hechos que es bueno ser bueno y que es posible hacer del mundo un espacio mejor.

a) *Recuerda las actitudes de don Quijote. ¿Con quién era bueno nuestro caballero? ¿Cuál dirías que es su principal virtud?*

....

....

....

....

b) *Recuerda a los héroes de otras historias que hayas leído. ¿Qué cualidades tenían?*

....

....

....

....

c) *Piensa en alguien real a quien consideres bueno, bueno de verdad. ¿Qué es lo que más te gusta de su forma de ser?*

....

....

....

2. Un mar de palabras

Los lectores nos zambullimos en los libros como quien se sumerge en un mar. Un mar de palabras. Pero ¿verdad que hay señoras palabras a las que todavía no conocemos?

Y es que las palabras, igual que las personas, ¡tienen que presentarse!

En el libro hay algunas palabras que quizá aún no conoces. Les hemos pedido que se presenten y lo han hecho con mucha educación:

Así es como se ha presentado nuestra querida palabra TROMBA:

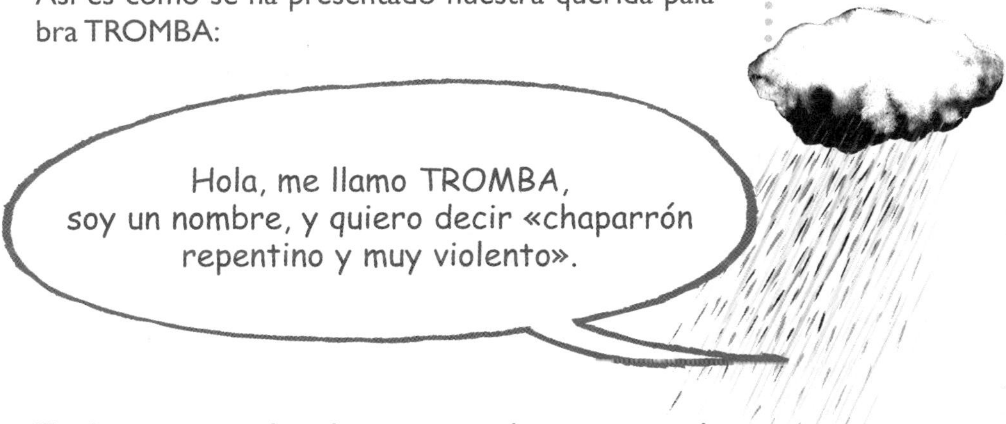

También, muy educadamente, se han presentado estas otras señoras palabras:

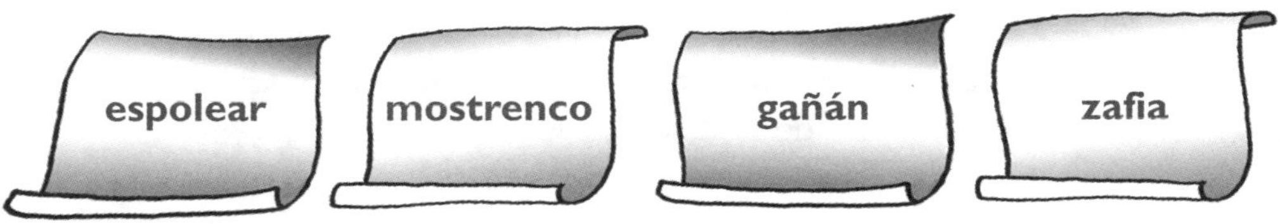

¡Adivina qué presentación corresponde a cada una de ellas! Coloca cada palabra donde le corresponde:

a) Hola, me llamo ...., soy un verbo, y quiero decir «picar con la espuela a la cabalgadura».

b) Hola, me llamo ...., soy un adjetivo, y quiero decir «zoquete y majadero».

c) Hola, me llamo ...., soy un nombre, y quiero decir «hombre fuerte y tosco».

d) Hola, me llamo ...., soy otro adjetivo, y quiero decir «maleducada y ordinaria».

3. Un cumpleaños muy especial

¿Sabías que las palabras también cumplen años? ¡No todas nacieron en nuestro idioma al mismo tiempo!

Algunas son viejas, viejísimas, como *toro* o *hija,* que vienen del latín.

Otras son de mediana edad, como *almohada* y *aceituna,* que proceden del árabe y entraron en nuestro idioma en los tiempos en que en nuestro país florecieron la cultura y el arte islámicos.

Otras son jóvenes y hermosas, como *bisturí* o *bombón,* palabras que tomó nuestro idioma del francés; y otras, como *mola* o *guay,* son tan niñas, tan niñas, que hace muy poquito que se han incorporado al diccionario.

Pues bien, resulta que las señoras palabras *tromba, zafia* y *espolear,* a las que ya conoces, celebran su cumpleaños y han preparado una fiesta.

Sentarán a sus amigos y amigas en tres mesas distintas:

- En una, se sentarán los invitados de doña *tromba,* que son todos nombres.
- En otra, los de doña *zafia,* que son todos adjetivos.
- En otra, los de don *espolear,* que son todos verbos.

¿Sabrías decir en qué mesa se sentarán los siguientes invitados?

Lista de invitados

armas
conducir
extrañas
pensamientos
encantado
rugir
molinos
desencantar
asombrado
labrador
vencer
ridículo
consolar
hazañas
isla
disfrazadas
fiero
luchar

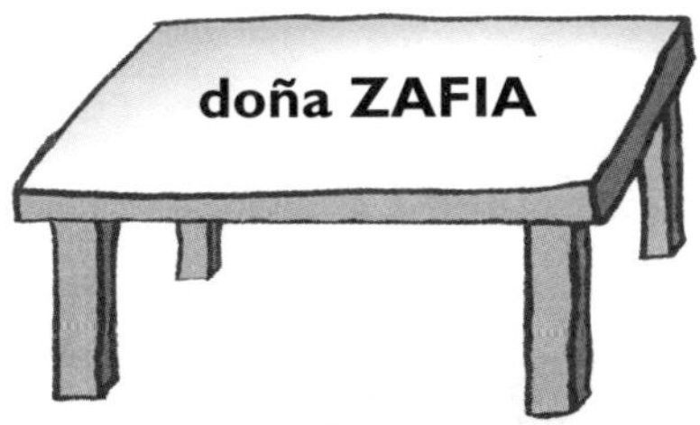

4. Un caballo y un asno

Son muy tiernas las escenas en las que don Quijote nos habla de su Rocinante, y aquellas en las que Sancho comparte un montón de aventuras y de sinsabores con su asno. Tanto es así, que podemos decir que estos dos animales son personajes protagonistas en la novela de Cervantes. Podemos incluso afirmar que don Quijote no sería el mismo sin su Rocinante. Y que Sancho no sería el mismo sin su asno.

¿Sabrías decir cuáles de estas palabras se relacionan, por su significado, con el caballo, con el asno o con los dos?

Palabras

burro caballeriza bestia borrico montura
mulo pollino corcel jinete burrito rocín
rebuznar burrada ¡arre! yegua potro
jaca grupa crin equitación

5. Una historia para no olvidar

La historia de don Quijote y Sancho no se olvida fácilmente. Cuando seas mayor, te acordarás de lo que has leído y seguro que desearás leer el libro que sobre don Quijote y Sancho escribió Miguel de Cervantes. Son muchas las aventuras que nos narra.

Demuestra tu memoria contestando correctamente a estas preguntas:

a) *¿Para qué quería don Alonso Quijano hacerse caballero andante?*

- ☐ *Para viajar mucho.*
- ☐ *Para ganar mucho dinero.*
- ☐ *Para luchar contra la injusticia.*

b) *¿Dónde buscó las armas y la armadura?*

- ☐ *En una tienda de armas.*
- ☐ *En el desván.*
- ☐ *En el trastero.*

c) *¿Quién era en realidad la bella Dulcinea?*

- ☐ *Una ruda campesina.*
- ☐ *Una princesa.*
- ☐ *La hija de un rico labrador.*

d) *¿Qué le prometió don Quijote a Sancho Panza para convencerle de que fuera su escudero?*

- ☐ *Que le haría rey.*
- ☐ *Que le nombraría gobernador de una isla.*
- ☐ *Que le nombraría caballero andante.*

e) *¿Cuál fue la primera aventura que vivieron don Quijote y Sancho?*

- ☐ *La aventura de los ejércitos.*
- ☐ *La aventura de los molinos.*
- ☐ *La aventura del león.*

f) *¿Qué hizo Dorotea para ayudar al cura y al barbero?*

- ☐ *Les dijo dónde se escondía don Quijote.*
- ☐ *Se hizo pasar por la princesa Micomicona.*
- ☐ *Les ayudó a meter a don Quijote en la jaula.*

g) *¿Cómo se comportó Sancho cuando fue gobernador?*

- ☐ *De forma inteligente y justa.*
- ☐ *De forma cruel.*
- ☐ *No llegó nunca a ser gobernador.*

h) *¿Qué pasó cuando don Quijote se enfrentó al caballero de la Blanca Luna?*

- ☐ *Que don Quijote lo venció y mató.*
- ☐ *Que don Quijote lo venció pero le perdonó la vida.*
- ☐ *Que el caballero de la Blanca Luna venció a don Quijote y le hizo prometer que durante un año abandonaría la caballería andante.*

¿Verdadero o falso? 6.

Ya has visto cómo don Quijote confundía la realidad y la ficción, y creía que todas las mentiras de los duques eran verdades. Pero a ti...

¡A ti, que nadie te engañe!

¡Descubre cuáles de estas afirmaciones son verdaderas (V) y cuáles falsas (F)!

- ☐ *Cuando Alonso Quijano se hizo caballero, se compró una buena armadura.*
- ☐ *La primera vez que Sancho salió de aventuras con don Quijote se lo dijo a su mujer, que se puso muy contenta.*
- ☐ *Dorotea cruzaba Sierra Morena vestida de hombre.*
- ☐ *Al Duque y a la Duquesa les gustaban demasiado las bromas pesadas.*
- ☐ *Don Quijote estuvo a punto de ser devorado por un león.*
- ☐ *Sancho Panza prefería ser libre que ser gobernador.*
- ☐ *Don Quijote recuperó la razón antes de morir.*

7. «Nada es verdad ni es mentira...»

La locura de don Quijote no era peligrosa, pues no pretendía hacer daño a nadie.

Lo que pasaba era que el caballero andante siempre miraba las cosas con otra mirada y confundía realidad y fantasía.

Así, algo tan corriente como unos molinos de viento, a él le parecían peligrosos y malvados gigantes.

Recuerda la historia que has leído. ¿Serías capaz de completar las frases con las equivocaciones del pobre don Quijote?

a) *Don Quijote creía que los molinos de viento eran* ....

....

b) *Don Quijote creía que dos rebaños de ovejas eran*

....

....

c) *Don Quijote creía que la posada era* ....

....

d) *Don Quijote creía que Dorotea era*

....

....

....

8. El salto del caballo

La vida de Miguel de Cervantes, autor de las aventuras de don Quijote de la Mancha, parece en sí misma una historia novelada. Participó en batallas, fue apresado y rescatado... ¿Te gustaría conocer un poco más a Cervantes?

Consíguelo resolviendo este salto del caballo. El movimiento comienza en la casilla que está en negrita.

¿Recuerdas cómo es el movimiento del caballo en el juego del ajedrez?

Partiendo de la casilla en negrita y desplazándote según el movimiento del caballo en el ajedrez, ordena los datos cronológicamente; después, escríbelos en tu cuaderno.

	Los padres trinitarios pagaron su rescate y pudo regresar a España.	Participó en la batalla de Lepanto.
En 1575, el barco en el que regresaba de Lepanto fue apresado por los turcos.	Los últimos años de su vida los pasó en Madrid.	
En 1584 se casó con Catalina de Salazar.	**Nació en Alcalá de Henares en 1547.**	Fue hecho prisionero y llevado a Argel, donde pasó cinco años en la cárcel.
Murió en Madrid, en 1616.		En 1587 marchó a Andalucía, donde trabajó como recaudador de impuestos.

9. Puzle

Cervantes vivió una vida llena de aventuras y dificultades, pero siempre buscó y encontró tiempo para escribir, que era lo que más le gustaba. La cárcel que padeció no fue obstáculo para continuar su actividad como escritor.

Escribió no solo novelas, como *El Quijote*, sino también poesías y obras de teatro.

¡Descubre los títulos de ocho de sus doces novelas ejemplares colocando las piezas del puzle donde corresponde!

	CORNELIA
	DE LOS PERROS
LA FUERZA	
	EXTREMEÑO
EL CASAMIENTO	
	Y CORTADILLO
EL LICENCIADO	
	FREGONA

RINCONETE

ENGAÑOSO

LA ILUSTRE

EL CELOSO

LA SEÑORA

EL COLOQUIO

VIDRIERA

DE LA SANGRE

El mensaje secreto 10.

Alguien escribió en los muros de una vieja ciudad castellana un mensaje secreto sobre Miguel de Cervantes. Nosotros lo hemos encontrado, pero ahora nos toca desentrañarlo. ¿Te gustaría ayudarnos a descubrirlo?

Ayuda

- Puedes empezar a leer de arriba abajo o de abajo arriba.
- Puedes hacerlo de izquierda a derecha o de derecha a izquierda.
- El fragmento marcado en negrita corresponde al comienzo del mensaje.

MENSAJE SECRETO

público prefe	guió. El	el de Cerv	ño de Migu
ría las obras de Lo	lo consi	antes fue tri	adero sue
pe de Vega.	atro, pero no	unfar en el te	**El verd**

¡Intenta descifrar la clave!

....

....

....

....

....

....

11. ¿Para quién es este verso?

Muchos poetas han dedicado sus más bellos poemas a personajes ilustres. Así, don Quijote y Sancho han sido objeto de muy hermosos versos compuestos por conocidos escritores de nuestra literatura. Pero también un poeta desconocido ha escrito algunos versos para los personajes de esta historia.

a) ¿Sabrías decir a qué personaje se refiere cada grupo de versos?

Leyendo, leyendo,
dicen que loco se iba volviendo.

....

Nadie te nombró antes
hasta que fuiste Rocinante.

....

Leía y leía
y en otro mundo vivía.

....

Sancho le dijo: es aquella,
y don Quijote ¡no la vio bella!

....

Sí. Sería caballero andante,
famoso como los de antes.

....

Era un pobre labrador
que llegó a gobernador.

Tuvo un caballero enamorado,
pero nunca tuvo esposo.
Había nacido en El Toboso.

b) *Una vez descubiertos los nombres de los personajes a los que se refieren los versos, busca tres palabras para definir a cada uno de ellos.*

12. Una foto imposible

¿Cómo te imaginas a los dos protagonistas de esta historia?

Si pudieras hacer una foto a don Quijote y al bueno de Sancho, andando por los caminos, ¿cómo saldrían?

a) *¡Dibuja en tu cuaderno esa foto imposible!*

b) *Después, describe, también en tu cuaderno, esa imagen con palabras.*

13. ¡Sancho está quijotizado!

Sí, Sancho está quijotizado...

¡Ha aprendido a hablar «fino»!

Y es que Sancho hablaba como un hombre del pueblo, con muchos, muchos refranes. Pero tanto quiere y admira a su señor que se ha ido contagiando de la forma de hablar de don Quijote, y al final... ¡hasta habla como el más caballero entre los caballeros!:

«—Abre tus ojos, amada patria mía, y mira que vuelve a ti Sancho Panza, tu hijo, si no muy rico, sí muy bien azotado. Abre tus brazos y recibe también a tu hijo don Quijote, que, si viene vencido por otro, viene vencedor de sí mismo, pues en todo obró bien y nunca cedió ante las injusticias —exclamó Sancho con voz emocionada, y, bajando del asno, se arrodilló en tierra y la besó».

a) *¿Por qué crees que dice Sancho que don Quijote viene «vencedor de sí mismo»? ¿Estás de acuerdo con él?*

....

....

b) *¿Crees que don Quijote, al final de la obra, ha sido vencido o no?*

....

....

Tres en raya 14.

A lo largo de la lectura de las *Andanzas de don Quijote y Sancho* nos encontramos con numerosos lugares y personajes; los unos sitúan la acción en localidades determinadas, y los otros protagonizan los acontecimientos que nos cuenta la novela.

En el siguiente tablero de tres en raya hay tres **lugares** en los que se desarrolla la acción de esta historia, tres **acontecimientos** importantes y tres **personajes** secundarios: ¡búscalos!

Personajes	**Acontecimientos**	**Lugares**
● ● ●	■ ■ ■	▲ ▲ ▲

Tres en raya

El Toboso	Don Quijote se vuelve loco de tanto leer libros de caballerías	El ama
Sansón Carrasco	Puerto Lápice	El cura
Don Quijote recupera la razón y muere	Don Quijote se enfrenta a peligrosos gigantes (o molinos)	Barcelona

a) *¿Qué fichas han ganado la partida: las redondas, las cuadradas o las triangulares?*

....

....

b) *Localiza en un mapa los lugares por donde pasa don Quijote.*

c) *¿Recuerdas otra acción importante del relato que no aparezca en el tablero?*

....

....

d) *¿Recuerdas algún hecho protagonizado por alguno de los personajes secundarios?*

....

....

15. El pollino torbellino

El asno de Sancho era algo descuidado, todo lo pisaba y pateaba. Ha pisoteado los acontecimientos del relato y… ¡los ha desordenado todos!

¡Menudo lío ha formado! No hay manera de aclararse.

Ayúdanos a ordenarlos. Para ello, escríbelos siguiendo un orden cronológico: primero los que sucedieron antes y luego los que ocurrieron después.

- ◯ *Muere el caballero.*
- ◯ *Don Quijote cree que los molinos son gigantes.*
- ◯ *Don Quijote convence a Sancho para que sea su escudero.*
- ◯ *Don Quijote sale malherido de la aventura de los rebaños.*
- ◯ *El caballero de la Blanca Luna vence a don Quijote.*
- ◯ *Sancho consigue una isla y es gobernador.*
- ◯ *Sancho tiene que darse azotes para desencantar a Dulcinea.*
- ◯ *Don Quijote y Sancho van a casa de los duques.*
- ◯ *Don Quijote vence al león.*

16. ¿Cómo lo contaría Sancho?

¿Recuerdas la aventura del león? Parece increíble lo que pasó. Pero es que, a veces, la realidad supera a la ficción.

Imagina lo que debería estar sintiendo Sancho Panza en ese momento. ¡Estaría muerto de miedo!

¿Sabrías contar este capítulo a tus amigos como si lo contara Sancho?

17. Un héroe entre los héroes

Es muy hermosa la decisión de don Quijote de hacerse caballero andante para salvar a quienes sufren, para aliviar el dolor de los más desvalidos... Don Quijote quiso imitar en todo a los caballeros andantes y ser como ellos.

¿Qué debía hacer un hombre, según don Quijote, para parecerse a esos legendarios caballeros?

....

....

....

....

18. Dos buenos amigos

¡Qué buenos amigos se hacen el caballero y el escudero a lo largo del camino!

Don Quijote quiere sinceramente a Sancho y le da buenos consejos:

«—La libertad, Sancho, es uno de los mayores bienes que los hombres tienen; con ella no pueden igualarse los tesoros que se encuentran en la tierra ni en los mares. Por la libertad se puede y se debe exponer la vida —exclamó don Quijote, clavando sus ojos en el lejano horizonte».

Sancho admira y ama profundamente a don Quijote, y no quiere que se muera:

«—¡Ay! —respondió Sancho sin dejar de llorar—. No se muera vuestra merced, señor mío, siga mi consejo y viva muchos años, porque la mayor locura que puede hacer un hombre en este mundo es la de dejarse morir».

a) Si pudieras hablar con don Quijote, ¿qué le dirías sobre la libertad?

b) Y si tuvieras delante al bueno de Sancho, ¿cómo lo consolarías por la muerte de don Quijote?

....

....

....

19. Un héroe inolvidable

No hay duda: ¡don Quijote es nuestro héroe!

Una vez creado por Cervantes, pareció cobrar vida propia y su figura fue creciendo, creciendo, a lo largo de los años.

Sus aventuras han sido traducidas a muchísimas lenguas, y en los rincones más lejanos del mundo reconocen al caballero y a su buen escudero Sancho Panza.

Y no solo Cervantes; muchos otros escritores han hablado de don Quijote.

¿Te atreverías tú a dedicarle un poema a don Quijote? ¿Y a Sancho? ¡Inténtalo!

....

....

....

....

....

20. Los premios Rocinante

¿Qué te ha parecido este relato? ¿Te ha interesado? ¿Te ha gustado? ¿Qué personaje te ha atraído más? ¿Quién es el más simpático? ¿Qué aventura es la que más te ha conmovido?

Resume tus impresiones de lectura otorgando los siguientes ¡premios Rocinante!

Premios	Premiados
Premio Rocinante al más bueno	
Premio Rocinante a la simpatía	
Premio Rocinante al más antipático	
Premio Rocinante a la aventura más peligrosa	
Premio Rocinante a la aventura más divertida	
Premio Rocinante al más animal	
Premio Rocinante al más burro	
Premio Rocinante al más valiente	
Premio Rocinante a la más bella	
Premio Rocinante a la mejor idea	
Premio Rocinante especial del jurado a…	

Y recuerda que cada libro guarda un tesoro.

Y que leer puede ser una aventura apasionante…

¡Atrévete a abrir las páginas de muchos otros libros como este!

Índice